修訂版

中學生文學精讀・詩經

周錫䪖 選注

| 責任編輯 | 舒　非　常家悅 |
| 書籍設計 | 陳德峰 |

書　　名	**中學生文學精讀・詩經**（修訂版）
選 注 者	周錫馥
出　　版	三聯書店（香港）有限公司
	香港北角英皇道 499 號北角工業大廈 20 樓
	Joint Publishing (H.K.) Co., Ltd.
	20/F., North Point Industrial Building,
	499 King's Road, North Point, Hong Kong
香港發行	香港聯合書刊物流有限公司
	香港新界大埔汀麗路 36 號 3 字樓
印　　刷	美雅印刷製本有限公司
	香港九龍觀塘榮業街 6 號 4 樓 A 室
版　　次	2016 年 11 月香港第一版第一次印刷
規　　格	特 16 開（150 × 210 mm）336 面
國際書號	ISBN 978-962-04-4036-6

© 2016 Joint Publishing (H.K.) Co., Ltd.

Published & Printed in Hong Kong

目錄

凡例   i

從原始詩歌到古典詩歌的發展（代前言）   ii

國風

周南   關雎   1

     螽斯   6

     桃夭   9

     漢廣   12

     麟之趾   16

召南   甘棠   19

     殷其雷   22

     小星   26

     騶虞   29

邶風   凱風   32

     簡兮   36

     靜女   40

     二子乘舟   43

鄘風   牆有茨   46

     鶉之奔奔   49

     相鼠   51

	載馳	54
衛風	考槃	59
	氓	62
	伯兮	70
	木瓜	74
王風	黍離	77
	君子陽陽	81
	采葛	83
鄭風	將仲子	86
	蘀兮	89
	狡童	91
	風雨	94
	出其東門	97
齊風	還	100
	東方未明	104
魏風	陟岵	107
	十畝之間	110
	伐檀	112
	碩鼠	117
唐風	綢繆	121
	鴇羽	125
	葛生	129
秦風	蒹葭	133
	無衣	137

	權輿	141
陳風	東門之枌	144
	衡門	147
	月出	150
檜風	隰有萇楚	153
	匪風	156
曹風	下泉	159
豳風	七月	163
	伐柯	174
	九罭	177

雅

小雅	鹿鳴	180
	常棣	185
	采薇	191
	庭燎	198
	鶴鳴	202
	祈父	206
	無羊	209
	十月之交	214
	蓼莪	224
	大東	229
	青蠅	238
	黍苗	241
	隰桑	245

漸漸之石 248

苕之華 252

何草不黃 255

大雅 緜 259

靈台 269

生民 274

泂酌 285

頌

周頌 清廟 289

天作 292

噫嘻 295

武 298

魯頌 有駜 301

商頌 那 305

論《詩經》的「加詞」(附錄) 310

凡例

一、本書選入《詩經》作品七十六首，兼顧題材、體式、風格之多樣性和代表性。

二、每篇有題解、語譯、注釋和賞析，幫助讀者掃除文字障礙，深入領略其內容與藝術特色。

三、本書注、譯，吸取漢、宋、清人及近代各家研究成果，也有筆者個人心得。對字、詞、句義的推求考訂，除以《詩經》文本為據外，還與其他上古語言資料（甲骨文、金文、《尚書‧周書》、《周易》、秦簡等）印證，務求持之有據，不妄逞臆說。

四、譯文取「散譯」形式，以「信、達」為主，押韻與否，則順其自然。

五、本書與筆者以前出版的《詩經選》（三聯書店〔香港〕有限公司，1980 年）篇目頗有異同，可互相參照。其間如有見解出入，當以本書為準。

《詩經》是中國現存最早的詩歌總集，但收錄的不是最早的詩歌。

最早的詩歌是原始詩歌，和以《詩經》為代表的早期古典詩歌有顯著的區別。那麼，原始詩歌究竟是甚麼樣的？它和散文的關係如何？後來又怎樣發展到古典詩歌階段？《詩經》作品具有哪些特色？……這些有趣的問題，我們都可以根據《詩經》與其他文獻、考古資料，為大家一一作出解答。

一、誰是「大哥大」？
—— 詩歌、韻文與散文的關係

一向以來，文藝學家們都這樣認為：詩，或者說韻文的產生比散文要早。

如王力先生在《漢語詩律學》中開宗明義便說：「詩歌起源之早，是出於一般人想像之外的，有些人以為先有散文，後有韻文，這是最靠不住的說法。……韻文以韻語為基礎，而韻語的產生遠在文字的產生之前，這是毫無疑義的。」[1] 朱光潛先生的《詩論》更強調「詩是具有音律的純文

學」、「中國自有詩即有韻」、「詩早於散文，現在人用散文寫的，古人多用詩寫。散文是由詩解放出來的」，[2] 所以「中國最古的書大半都參雜韻文，《書經》、《易經》、《老子》、《莊子》都是著例」。[3] 他們的共同觀點是：中國詩一開始便是有韻的；而韻文的出現遠比散文要早（至少也不比它遲）。

可惜，這兩點都不符合事實。

詩與散文其實和人類的語言同樣古老。它們可說是一對孿生子，難分伯仲。而早期的詩歌卻是沒有韻的，韻文是詩歌發展到一定階段（在中國，大約是西周中期）的產物。所以，可以肯定地說，詩與散文同時誕生，但韻文的出現卻遠遠後於散文。

二、原始詩歌的特點

對詩歌起源這一饒有興味的問題，人們提出過種種答案，但唯有中國漢代〈毛詩序〉的解說最簡潔而明瞭：「情動於中而形於言，言之不足，故嗟歎之；嗟歎之不足，故永歌之；永歌之不足，不知手之舞之足之蹈之也。」就是說，詩歌源出於口語，它是感情昇華的產物。一句話，如果平平淡淡地說出來，那便是「言」；要是以詠歎、歌唱的口吻出之，便成了「詩」。

《呂氏春秋·音初》篇記述了一個傳說：大禹治水時，道經塗山，與塗山氏之女相好，後來他在外多年不歸，塗山女便派了侍婢到山前守望，等着等着，那女子情不自禁地高唱起來：「候人兮猗！」（「等人啊喂……」）那便是著名的〈候人歌〉。這故事的可靠性自然很值得懷疑，但歌辭本身帶有濃厚的原始詩歌色彩，卻是十分明顯的：它沒有韻，也沒有任何格律。這極其尋常的一句話，如果用談話的口氣說出來：「我在

等人。」那便是「言」，記錄成文字，便是散文。而現在她卻滿懷激情地吟唱，呼喊：「等人啊喂⋯⋯」於是便成了詩，而且是流傳至今的名作之一。此中訣竅何在呢？全在乎感情色彩的深淺。所以，從一定的意義上說，詩，乃是激情的產物。在上古時代裏，當人們生產勞作的時候，或為生存而搏鬥的時候，或舉行原始宗教活動（如讚頌、祈求、威儡、詛咒等等）的時候，最容易產生種種激動的語氣、激烈的情感，所以許多人便把勞動或宗教視作詩歌的起源。那無疑道出了部分真理。不過按實際而論，我們的視野還是應當擴展得比這更廣闊一些。

類似〈候人歌〉的例證，我們還可以在《詩經》裏找到。《詩經》共有三百零五篇詩，包括公元前十一世紀至公元前六世紀，也就是商、周之交到春秋中葉的作品。集中年代最久遠的，現在普遍認為是〈周頌〉的部分。正是在這部分，包括了《詩經》裏完全無韻的全部九首詩篇：〈清廟〉、〈昊天有成命〉、〈時邁〉、〈臣工〉、〈噫嘻〉、〈武〉、〈酌〉、〈桓〉、〈般〉。這些詩大都創作於西周初年的武王、成王時期（有的可能還要早）。例如〈武〉，是歌頌武王滅商的彪炳功業的：

> 於皇武王！無競維烈。允文文王，克開厥後。嗣武受之，勝殷遏劉，耆定爾功。[4]

《左傳·宣公十二年》記楚子說：「武王克商，⋯⋯作〈武〉，其卒章曰『耆定爾功』。」便是指這首詩。又如〈桓〉，是讚美武王能「安民，和眾，豐財」的頌歌：

> 綏萬邦，屢豐年，天命匪解。桓桓武王，保有厥士，于以四方，克定厥家。於昭于天！皇以間之。

《左傳》同樣認為這是武王克商後所作（宣公十二年記楚子語）。而據《禮記·樂記》載，〈武〉和〈桓〉是當時一套大型歌舞曲《大武》的其中兩個樂章。另外，〈昊天有成命〉和〈噫嘻〉則是稱揚周成王姬誦的作品。

如〈昊天有成命〉：

> 昊天有成命，二后受之。成王不敢康，夙夜基命宥密。於緝
> 熙！單厥心，肆其靖之。

以上這些頌詩，全部無韻，又不複疊，有些句子還長短不齊，整個書面形式和散文沒有多大差別。可以設想，我們的先人當年在莊嚴的宗廟裏，在「膴膴周原」上詠唱這些詩篇的時候，除了以音樂伴奏和舞蹈動作來加強氣氛之外，一定還借助抑揚頓挫的語調、富於感情的「聲氣」，或者再加上「拖腔」，去酣暢地表達其中的詩的韻味。這些，正是原始詩歌的特點。

總括來說，詩歌，當它在遠古時代人們的生活、勞作、爭鬥、娛樂或原始宗教活動中呱呱墜地的時候，它和散文原是面目肖似孿生一對，後來才逐漸發生變異、分化，終至形成截然不同的兩種體裁。到那時候，原始詩歌也就產生了質的飛躍，而發展到一個新的階段 —— 古典詩歌。

三、早期古典詩歌的特點

古典藝術與原始藝術的顯著區別之一，是它謹嚴的規則性，反映在詩歌上，便是講求格律。

約從西周中期開始，中國詩歌發展到古典詩的階段，開始出現各種格律因素，如：押韻、區分聲調以及複疊、字句整齊等。其中押韻最為重要。5《詩經》三百零五篇詩，除上述〈周頌〉九首全不押韻之外，另有數首部分無韻（如〈維天之命〉、〈天作〉、〈我將〉、〈思文〉、〈小毖〉等等），正保留了從原始詩歌向古典詩歌過渡的痕跡。其餘時代較晚的便全部都有韻。或句句押，或隔句押，或一韻到底，或篇中換韻……韻式相當豐富。6而且韻字還注意區別聲調，往往是平聲（指上古音，下同）與平聲字押，入聲與入聲字押，上聲與上聲字押，很少混淆。另外，每句

多由四個字組成，詞語、章句常有複疊，顯得節奏整齊勻稱。人們稱之為「四言體」。這是我國古典詩歌最早出現的一種詩體。例如〈秦風‧蒹葭〉：

> 蒹葭蒼蒼，白露為霜。所謂伊人，在水一方。溯洄從之，道阻且長；溯游從之，宛在水中央。
>
> 蒹葭淒淒，白露未晞。所謂伊人，在水之湄。溯洄從之，道阻且躋；溯游從之，宛在水中坻。
>
> 蒹葭采采，白露未已。所謂伊人，在水之涘。溯洄從之，道阻且右；溯游從之，宛在水中沚。

首段「蒼」、「霜」、「方」、「長」、「央」，押上古「陽」部平聲韻；次段「淒」、「晞」、「湄」、「躋」、「坻」，是「脂」、「微」部平聲合韻；末段「采」、「已」、「涘」、「右」、「沚」，押「之」部上聲韻。[7] 每段八句，前七句均為四言，第八句五言，相當整齊。而第二、三段，又是第一段稍加變化的重複再現。這些格律因素的配合，令作品充分顯示整齊的美、抑揚的美、迴環的美，收到感心動耳、移人之情的效果，成為與「音樂的語言」相得益彰的「語言的音樂」，大大增進了形式美感。這一切都是原始詩歌所沒有的。它表明，詩的寫作已從早期純「自然」的實用需要變為一種審美的追求。這是文學本體意識覺醒的開始，也是真正的文學創作萌芽的標誌。從此以後，中國詩歌完成了從原始藝術到古典藝術的轉變，它以自己獨具的、規整化的形式，和散文完全區別開來，在文藝領域各自分道揚鑣了。

其後，再經過漢魏六朝的醞釀、演化，四言體擴展為五言、七言體，詩人（如南朝的沈約等）開始留意四聲在句中的配搭安排。到唐代，各種格律因素遂粲然大備：從字句整齊進而要求嚴格的對仗，從句末押韻進而規定句中每字的平仄。於是，便形成了富於音樂性和具有高度形式美的格律詩體，而中國古典詩歌也終於發展到了它充分成熟的階段。

四、對音韻之美的追求

人類社會有種有趣的現象，不妨稱之為「時髦效應」。就是當某種新的、具有明顯優點的事物一經問世，立刻便會引起仿效的熱潮（如時裝便是一例）。語言藝術也是如此。押韻這種美感形式誕生後，很快便引起廣泛的興趣和關注，不但詩人們爭相採用，而且還影響到整個文化學術界，連一些文章高手也樂於嘗試這種新穎的形式，熱心音韻美的追求。於是，我們便看到這種現象：諸如《尚書》、《周易》和《老子》等先秦典籍，以及西周晚期金文的「官樣文章」，都不時會使用韻語。不過，那並不表明「散文是由詩解放出來的」（朱光潛語），而只是證實，韻文在它初露頭角的階段，曾引發過那麼一股持續時間頗長、涵蓋面甚廣的仿效熱潮而已。因為比《尚書》後期篇章以及《周易》、《老子》年代更早的散文 —— 如商代甲骨文、西周初期金文與《尚書》可靠的早期篇章等，[8] 全都是沒有韻的。這正與〈周頌〉的情況相合。

五、《詩經》的「六義」

〈毛詩序〉說：「《詩》有六義焉：一曰風，二曰賦，三曰比，四曰興，五曰雅，六曰頌。」一般認為，這裏「風、雅、頌」是指《詩經》的三個組成部分，也就是作品的體制類別；而「賦、比、興」則是《詩經》的三種表現手法。

風、雅、頌的區分，主要和音樂有關，相應也牽涉到它們產生的地域和應用的場合、範圍。

「風」是帶有地方色彩的樂調、歌謠。《詩經》有十五國風，就是十五個邦國（諸侯國）、地區的土風謠曲，共一百六十篇，大部分為平王東遷

（公元前770年）後到春秋中葉的作品，產生於今之陝西、甘肅、山西、山東、河北、河南及湖北北部一帶。它們多數應是民間創作，但由於經過收集者、編訂者（主要是宮廷樂師）的整理加工，使之符合上層社會的口味、要求，所以有時會摻入一些帶貴族色彩的字眼（如「君子」、「淑姬」、「孟姜」、「鐘鼓」、「兒觥」、「百兩〔輛〕」、「瓊琚」之類）。因而引起近現代個別研究者認為其「非民歌」的懷疑、爭論。

「雅」是宮廷正樂（「雅」是「正」的意思），演唱時或有「雅」這種樂器伴奏。其中又分為「大雅」和「小雅」。「大雅」可能是用於較隆重的典禮、宴會，伴奏樂隊規模較大；「小雅」則用於一般的典禮、宴會，伴奏樂隊規模較小（自然兩者的樂調也有所不同）。〈大雅〉共三十一篇，是西周中後期的製作，時間比〈周頌〉晚，而鋪張排比，反覆詠歎，藝術上更為成熟。〈小雅〉七十四篇，產生於西周後期至東周（春秋）前期。雅詩大多為卿大夫貴族文人之作，有些（如〈緜〉、〈生民〉等）可能由眾口相傳的史詩改編而成。

「頌」就是歌（見《漢書·揚雄傳》顏師古注）。這是宗廟祭祀時唱的讚歌，所謂「美盛德之形容，以其成功告於神明者也」（〈毛詩序〉），由於祭祀時有舞蹈配合，所以它們還兼作舞曲。「頌」分為〈周頌〉、〈魯頌〉和〈商頌〉。〈周頌〉三十一篇，是周人的宗廟樂歌，全部不分章，文字古奧，作於西周早期（無韻者）和中後期（有韻者），是《詩經》中年代最早的一批作品。〈魯頌〉四篇，是春秋前期魯國的頌歌。〈商頌〉五篇，前三篇（〈那〉、〈烈祖〉、〈玄鳥〉）不分章，但有韻，可能是經春秋宋國人修訂整理過的商朝頌歌；後兩篇分章，是宋國人仿古的創作。頌詩基本為貴族文人之作，有的出於史官、樂官之手，也有少數是由民間祭歌借用來的。

《詩經》的表現手法極其多樣，但最著名的是「賦、比、興」三者。

按朱熹的解釋，「賦者，敷陳其事而直言之者也」，[9] 也就是直接描述的寫法。如〈豳風·七月〉以及〈大雅〉的〈緜〉、〈生民〉等都是典型例子。「比者，以彼物比此物也」，也就是比喻或比擬的手法。如〈周南·桃夭〉、〈魏風·碩鼠〉、〈小雅·鶴鳴〉等都是典型例子。「興者，先言他物以引起所詠之辭也」，也就是一種感觸、聯想的手法。如〈周南·關雎〉以雎鳩的和鳴起興，引出對淑女的追求；〈魏風·伐檀〉以河邊有人伐檀造車起興，引出對不勞而獲、尸位素餐者的揶揄、譴責等等。有時，起興的物象只為下文渲染特定氣氛，而不必有意義的關聯；甚至有時只為補足樂句，起一種聲韻的作用。前者如〈秦風·蒹葭〉對蒹葭秋水、白露清霜景色的描繪，〈小雅·隰桑〉對桑樹的描繪等；後者如〈王風·丘中有麻〉的「丘中有麻」、「有麥」、「有李」，〈秦風·黃鳥〉之「交交黃鳥，止于棘」等等描寫。像「交交黃鳥」幾句，與該詩「哀三良」（《詩序》）的主題實在毫無關涉，便只是起聲韻的作用。這些都屬於「興」的範疇。

杜甫說：「別裁偽體親風雅，轉益多師是汝師。」（〈戲為六絕句〉之六）李白慨歎：「大雅久不作，吾衰竟誰陳？」（〈古風五十九首〉之一）白居易更強調：「為詩意如何？六義互鋪陳。風雅比興外，未嘗著空文。」可見，「風雅、比興」已成為中華優良藝術傳統的代稱，在詩壇上發揮着廣泛、持久、極其深刻的影響，而歷代詩人亦無不受其沾溉。

六、《詩經》的傳習與研究

《詩經》原稱《詩》或《詩三百》，最初當由周朝的樂官編訂成書。後來孔子又把它作為學生的課本，進行智識和品德修養教育，一再強調「誦詩三百」、「不學詩，無以言」，《詩》的研習遂成為儒家專門學問。經秦始皇焚書坑儒，其傳播一度中輟。到漢朝「獨尊儒術」，《詩》又大受推

崇，被尊為「經」。西漢時，立於學官，作說詩博士的有魯人申培，其傳本名《魯詩》；齊人轅固生，傳本名《齊詩》；燕人韓嬰，傳本名《韓詩》：合稱三家詩。大、小毛公所傳的《毛詩》最晚出，到東漢才立於學官；後來大學者鄭玄為它作《箋》，《毛詩》便盛行起來，三家詩反而逐漸失傳了。現在通行的「十三經注疏」本，便是鄭玄作《箋》、唐人孔穎達作《正義》的《毛詩》本子。三家詩說，則見於後人的輯本中（如清王先謙有《詩三家義集疏》）。

到宋朝，朱熹作《詩集傳》，和漢人見解多有不同，稱為「宋學」。清代「漢學」復興，著述甚多，重要者有馬瑞辰《毛詩傳箋通釋》、陳奐《詩毛氏傳疏》、姚際恆《詩經通論》、方玉潤《詩經原始》等。「五四」之後，林義光的《詩經通解》、聞一多的《詩經新義》與《詩經通義》、余冠英的《詩經選》等，都頗有新見。而于省吾的《雙劍誃詩經新證》（後增訂為《澤螺居詩經新證》）、《甲骨文字釋林》，郭沫若《兩周金文辭大系圖錄考釋》、《殷契萃編》，陳夢家《殷虛卜辭綜述》等，利用古文字資料作《詩經》訓詁，更有不少發前人未發之處。都足資參考。

另外，一九七七年於安徽阜陽城郊發掘出土的西漢竹簡《詩經》殘片，是現存最早的《詩經》本子，和魯、齊、韓、毛四家詩均有不同。有人據之寫成《阜陽漢簡詩經研究》一書（胡平生、韓自強編著）。假如你有志於深入探尋《詩經》義蘊的話，這本書也不可不讀。

周錫馥

一九九六年元旦前夕

【注解】

1　王力《漢語詩律學》（增訂本）（上海教育出版社，1982 年新二版），〈導言〉，第 1 頁。

2　朱光潛《詩論》（生活‧讀書‧新知三聯書店，1984 年），第五章〈詩與散文〉，第 111 頁；第十二章〈中國詩何以走上「律」的路（下）〉，第 218 頁。

3　同上，第一章〈詩的起源〉，第 1 頁。

4　此詩譯文見本書第 298 至 299 頁。

5　關於中國詩歌押韻的起源，筆者有另文專論，此不細述。

6　參閱王力《詩經韻讀》，上海古籍出版社，1980 年。

7　同上，第 228 至 229 頁。

8　《尚書‧周書》中屬於武王及成、康時期的各篇，如〈牧誓〉、〈大誥〉、〈康誥〉、〈酒誥〉、〈梓材〉、〈洛誥〉、〈多士〉、〈無逸〉、〈君奭〉、〈多方〉、〈立政〉、〈費誓〉、〈顧命〉、〈康王之誥〉等，均無韻文。有韻語者都是後期之作或偽託之作，如〈洪範〉或所謂〈湯誓〉、〈泰誓〉等。而《周易》寫定於西周晚期，《老子》成書更可能遲至戰國時代，多用韻語便毫不足怪。

9　見朱熹《詩集傳》，下同。

周南

關雎

【作者】

　　《詩經》的作者多是「無名氏」，這一首也不例外。因為當時並沒有「知識產權」的觀念，也沒有「發表」的願望與可能，人們只是憑自發的感興（當然也有些帶着某種政治、社會目的），「情動於中而形於言，言之不足，故嗟歎之；嗟歎之不足，故永歌之」而已，所以除去少數例外，一般都是「佚名」之作。不過，從本詩內容可見，它應當出自一位正耽於愛情幻想的青年歌者之手（口）。他暗戀着對方，而至朝思暮想，徹夜難眠，於是不由自地唱出這首歌，表達自己痴戀的深情。

【題解】

　　周南，是指周公治下的南方地區詩歌，可能以「南」這種敲擊樂器伴奏。周成王（武王之子）在位時，由其叔父周公旦與召公奭（音「式」）輔政，周公居於洛邑，負責管治東面的諸侯，其後周、召二公成為世襲的封爵。周南地區約當今洛陽以南到湖北北部的漢水流域一帶。《詩經》有〈周南〉十一篇。

　　本篇是《詩經・國風》第一首作品，與〈小雅〉第一首〈鹿鳴〉、〈大雅〉第一首〈文王〉、〈周頌〉第一首〈清廟〉，合稱為「四始」。「關雎」這題目是從詩中首句擇取來的，沒有特別含意。《詩經》各篇都是如此。

　　這首是著名的戀歌。作者傾訴對一位「窈窕淑女」的單思之苦，並想像當「有情人終成眷屬」時，與她「共諧琴瑟」的快樂。

【譯注】

一

關關 ❶ 雎鳩 ❷，	關關叫着的雎鳩，
在河之洲。	依偎在河中的沙洲。
窈窕 ❸ 淑 ❹ 女，	漂亮賢淑的少女，
君子 ❺ 好逑 ❻。	是男士的好配偶。

❶ 關關：鳥兒和鳴的聲音。

❷ 雎鳩：一種水鳥名。相傳雌雄相得，極篤於伉儷之情，所以詩中以牠們起興。雎，音「狙」。

❸ 窈窕：文靜美好的樣子。窈，音「邀」(陰上聲)。窕，音「挑」(陽上聲)。

❹ 淑：善，品德好。

❺ 君子：原為對君主、諸侯等上層貴族的稱呼，後擴大為對男子的美稱。

❻ 逑：音「求」，匹配，配偶。

二

參差荇菜 ❶，	長長短短的荇菜，
左右流 ❷ 之。	左一把右一把去撈取它。
窈窕淑女，	漂亮賢淑的少女，
寤 ❸ 寐 ❹ 求之。	醒着睡着都追求她。
求之不得，	追求不到手，
寤寐思服 ❺。	日日夜夜想個不休。
悠 ❻ 哉悠哉，	思念綿綿呀無盡頭，
輾轉反側！	翻來覆去哪睡得着覺！

❶ 荇菜：一種水生植物名。葉浮水面，夏天開黃花，根、莖可吃。荇，音「杏」。

❷ 流：順着水流採摘。

❸ 寤：音「悟」，睡醒。

❹ 寐：音「未」，睡着。

❺ 思服：思念。服，想。

❻ 悠：思念深長的樣子。

參差荇菜，	長長短短的荇菜，
左右采❶之。	左一把右一把地採摘它。
窈窕淑女，	漂亮賢淑的少女，
琴瑟友❷之。	彈琴鼓瑟去向她示愛。
參差荇菜，	長長短短的荇菜，
左右芼❸之。	左一把右一把地揀摘它。
窈窕淑女，	漂亮賢淑的少女，
鐘鼓❹樂之。	敲鐘擊鼓去使她歡樂。

❶ 采：同「採」，採摘。

❷ 友：用作動詞，親近、愉悅之意。

❸ 芼：音「冒」，揀擇。

❹ 鐘鼓：古代樂隊的重要樂器。按當時禮法，要顯貴人家才配擁有。

【賞析】

這首詩共分三層，從戀慕，到展開追求，到追求不到而陷入幻想，層層推進。最後結果如何，則留給讀者去想像。

一般認為，「風」詩源出於民間。從本詩各段以水鳥和鳴及採摘荇菜的描寫起興，也可以證明這點。不過，在採錄、編訂，並集為《詩三百》（西漢起稱為《詩經》）的過程中，不少民歌會經過採詩之官或宮廷樂師以至儒家學者（如孔子）的刪改潤色，以符合入樂或其他官方審美標準的要

求，也是情理中事，所以本詩就出現了諸如「淑女」、「君子」、「琴瑟」、「鐘鼓」一類帶貴族色彩的字眼。這正是從漢、宋、清代到近現代眾多《詩經》學者對此詩的解釋各執一詞，難以取得共識的重要原因。

這首詩的一些詞語，如「窈窕」、「淑女」、「求之不得」、「輾轉反側」等，早已融入我們的民族語言中，成為日常生活的一部分。可見其影響的深遠。

周南

螽斯

【題解】

　　螽（音「中」）是蝗蟲的一種，生殖力強，繁衍迅速，雄蟲的前翅有發音器，群飛時鼓翅發聲，聲勢浩大，故詩人借以祝頌子孫繁昌。這裏用作賀壽之辭。「斯」本是助詞，但由於此詩的關係，後世遂將「螽斯」連讀，變為一個詞，並有了「螽斯衍慶」的成語。

【譯注】

一

蝝斯 ❶ 羽 ❷，　　　　　　　　蝝斯的羽翅，

詵詵 ❸ 兮。　　　　　　　　　紛紛揚揚呀。

宜 ❹ 爾子孫，　　　　　　　　恭祝你兒孫滿堂，

振振 ❺ 兮！　　　　　　　　　人丁興旺呀！

❶ 斯：作用同「之」。

❷ 羽：羽翅。

❸ 詵詵：音「伸伸」，群集的樣子。

❹ 宜：理應如此，難怪。是祝頌之詞。一說，多（馬瑞辰《毛詩傳箋通釋》）。

❺ 振振：繁多的樣子。

二

蝝斯羽，　　　　　　　　　　蝝斯的羽翅，

薨薨 ❶ 兮。　　　　　　　　　轟轟作響呀。

宜爾子孫，　　　　　　　　　恭祝你兒孫滿堂，

繩繩 ❷ 兮。　　　　　　　　　世世繁昌呀！

❶ 薨薨：音「轟轟」，群飛發聲的樣子。

❷ 繩繩：綿延不絕的樣子。

三

螽斯羽，	螽斯的羽翅，
揖揖 ❶ 兮。	熙熙攘攘呀。
宜爾子孫，	恭祝你兒孫滿堂，
蟄蟄 ❷ 兮！	綿綿無盡呀！

❶ 揖揖：匯聚的樣子。

❷ 蟄蟄：音「窒窒」，眾多的樣子。

【賞析】

　　這首詩共三章，每章四句，用「三（字）、三（字）、四（字）、三（字）」的長短句形式構成，通過反覆頌讚，對主人致以良好祝願。其中疊音詞的運用頗見特色，不但可以加強語勢，而且令作品更富動感，使人如聞其聲（螽斯群飛聲及人們善頌善禱之聲）。

周南

桃夭

【 題解 】

　　這是古代婚禮中的喜慶詩歌，由新娘的女伴們唱出，應當是即興之作。

　　數千年來，中國民間嫁娶一直盛行唱歌的風俗，尤以南方為甚。據清代屈大均《廣東新語》記載：「（當迎親時）女家索攔門詩歌，婿或捉筆為之，或使伴郎代草，或文或不文，總以信口而成，才華斐美者為貴。至女家不能酬和，女乃出閣。此即唐人『催妝』之作也。……皆以比興為工，辭纖艷而情深，頗有風人之遺。」所謂「風人」，便是指《詩經・國風》的民間歌手。這首〈桃夭〉，即〈國風〉中以賀新婚為主題的名作。

【譯注】

一

桃之 ❶ 夭夭 ❷，　　　　　　　　鮮嫩、茁壯的桃樹，
灼灼 ❸ 其華 ❹。　　　　　　　　開滿紅燦燦的鮮花。
之子 ❺ 于 ❻ 歸 ❼，　　　　　　　這俏人兒嫁過門，
宜 ❽ 其室家 ❾。　　　　　　　　　定會使家庭和睦。

❶　之：助詞。表示強調，亦用以補足音節，使成四言句。《詩經》中類似句法甚多。

❷　夭夭：音「妖妖」，少壯的樣子。

❸　灼灼：鮮明耀眼的樣子。

❹　華：古「花」字。

❺　之子：《詩經》常用語，猶「這人兒」、「那人兒」。之，是，此，指示代詞。

❻　于：往，在，原為動詞，後虛化為助詞。

❼　歸：婦人稱嫁曰歸（朱熹語）。「于歸」即出嫁。

❽　宜：用作動詞，「使⋯⋯和順」之意。

❾　室家：家庭。男以女為室，女以男為家。

二

桃之夭夭，　　　　　　　　　　　鮮嫩、茁壯的桃樹，
有 ❶ 蕡 ❷ 其實。　　　　　　　　結滿沉甸甸的果兒。
之子于歸，　　　　　　　　　　　這位好人兒嫁過門，
宜其家室 ❸。　　　　　　　　　　定會使家庭幸福。

① 有：助詞。用以加強語氣，並補足音節。

② 蕡：音「墳」，果實大而多的樣子。一說，蕡讀為「斑」，指桃實將熟，紅白相間，
色彩斑斕（于省吾《雙劍誃詩經新證》）。

③ 家室：同室家。倒文是為了叶韻。

三

桃之夭夭，	鮮嫩、茁壯的桃樹，
其葉蓁蓁 ❶。	長滿綠油油的葉子。
之子于歸，	這位可人兒嫁過門，
宜其家人。	一家上下樂融融。

❶ 蓁蓁：音「津津」，茂盛的樣子。

【賞析】

全篇三章，每章四句，每句四字，十分整齊。其中每章有兩句完全相同；一句大部分相同，只變換個別字眼（「室家」、「家室」、「家人」），而句意仍同；但另一句則變換句式和句意：這樣一來，各章遂顯得同中有異，不致呆板。

這首詩用桃樹起興，並以明艷的桃花比喻如花的少女，又以桃樹從開花結實到綠葉成蔭的過程，隱喻少女由出嫁成家到生兒育女、開枝散葉的人生之旅，用的是「興而比」的手法。

後世「逃之夭夭」的成語，是將本篇首句按諧音改造成的，但已從讚美語氣變為調侃、諷刺，所指意思也全然不同（是譏諷逃跑、溜走之疾速），與詠桃樹或賀新婚毫無關涉。

周南

漢廣

【題解】

漢，指漢水。有位男士愛上了一位經常來往於江上的船家女，但總是可望而不可即。在熱烈的戀慕中，他便痴想着有朝一日和她結婚的快樂。

【譯注】

一

南有喬❶木，　　　　　南方有株高樹，
不可休思❷；　　　　　不能在下面歇息啊；

漢有游女 ❸，　　　　　漢水上來往的女郎，

不可求思。　　　　　　難以把她追求啊。

漢之廣矣，　　　　　　漢水寬又寬，

不可泳思；　　　　　　游泳哪能游得過啊；

江 ❹ 之永 ❺ 矣，　　　江水長又長，

不可方 ❻ 思。　　　　　竹排、木筏也渡不過啊。

❶　喬：高聳。

❷　思：語氣助詞。《毛詩》作「息」，此從《韓詩》。孔穎達《毛詩正義》云：「詩之
　　大體，韻在辭上，疑『休』、『求』字為韻，二字俱作『思』。」

❸　游女：指來往於水上的船家姑娘。游，同「遊」。

❹　江：長江。

❺　永：長。

❻　方：竹排或木筏。這裏用作動詞，「以筏渡河」之意。

　　最後四句互文見意，言漢水、長江均又寬又長，不可泳不可方。第一段，以喬木不
能休和江流不能渡，比喻「游女」的難求。

<h2 style="text-align:center">二</h2>

翹翹 ❶ 錯 ❷ 薪，　　　高高一叢亂柴草，

言 ❸ 刈 ❹ 其楚 ❺；　　砍下長長的荊條；

之子 ❻ 于歸 ❼，　　　那個姑娘過門來，

言秣 ❽ 其馬。　　　　　快把馬兒餵好。

漢之廣矣，　　　　　　漢水寬又寬，

不可泳思；　　　　　　游泳哪能游得過啊；

| 江之永矣， | 江水長又長， |
| 不可方思。 | 竹排、木筏也渡不過啊。 |

① 翹翹：音「喬喬」，高而挺出的樣子。

② 錯：雜亂。

③ 言：助詞，無義。有補足（或說協調）音節的作用。

④ 刈：音「艾」，砍，割。

⑤ 楚：又名牡荊、黃荊，落葉灌木。這裏比喻女子中的突出者 —— 游女。後世「翹楚」（比喻傑出的人才）一詞即由此而來。《詩經》中提到嫁娶之事，經常會講到「薪」、「楚」，這可能與古代風俗有關（詳見本書第 123 至 124 頁〈唐風·綢繆〉的「賞析」）。

⑥ 之子：這個人（或那個人）。之，指示代詞。

⑦ 歸：出嫁。

⑧ 秣：音「末」，餵牲口。餵馬是為了迎親。

以上第二段，雖然明知無法實現，仍希望有朝一日夢想成真，能迎娶她過門。

三

翹翹錯薪，	一叢柴草高又高，
言刈其蔞 ①；	割下長長的蔞蒿；
之子于歸，	那個姑娘過門來，
言秣其駒 ②。	快把駒兒餵好。
漢之廣矣，	漢水寬又寬，
不可泳思；	游泳哪能游得過啊；
江之永矣，	江水長又長，
不可方思。	竹排、木筏也渡不過啊。

❶ 蔞：音「樓」，即蔞蒿，多年生草本植物，長於江邊。「刈蔞」與「刈楚」同義，以砍柴要砍好柴，比喻娶妻要娶最好的女子。

❷ 駒：少壯的馬。

以上第三段，變換個別字眼，作反覆詠歎，足見詩人之一往情深。

【賞析】

　　以往魯、齊、韓三家詩說，都認定「游女」是指漢水女神。聞一多更進一步認為：「借神女之不可求以喻彼人之不可得，已開〈洛神賦〉之先聲。」（《風詩類鈔》）〈洛神賦〉是曹植的名作，中有「凌波微步，羅襪生塵」、「翩若驚鴻，婉若游龍」等出色的描繪，歌詠的確實是洛水女神。然而就〈漢廣〉此詩而論，如果僅憑「不可求」一句，便指實它是寫漢水女神，未免顯得理據不足。所以，我始終覺得沒有把它牽合到神話中去的必要。

　　每章後半疊詠江漢，煙水茫茫，既寬且長，難以逾越，令人深感惆悵。這種「一唱三歎」的形式猶如現代歌曲中的「副歌」，通過反覆詠唱，可強化感情的表現，給讀者（聽眾）留下雋永深刻的印象，並且發人遐想。

周南

麟之趾

【題解】

　　麟，即麒麟，古人認為是仁獸，祥瑞之徵，與鳳、龜、龍合稱「四靈」，故詩人用作比方，稱頌自己心目中的公子王孫如麒麟般尊貴、顯赫、仁慈（但據今人考證，麒麟實際即長頸鹿，並無甚麼神秘之處）。

【譯注】

一

麟之趾 ❶。　　　　　　　　　麒麟的蹄足。

振振 ❷ 公子 ❸。　　　　　　高貴、仁慈的公子。

于嗟 ❹ 麟兮！　　　　　　哎呀，真如麒麟一樣啊！

❶　趾：足。傳說中的麒麟，有蹄，有一隻角，身形似鹿，尾則如牛。

❷　振振：仁厚的樣子。

❸　公子：王公貴族子弟。

❹　于嗟：歎詞。

二

麟之定 ❶。　　　　　　　麒麟的頭額。

振振公姓 ❷。　　　　　　高貴、仁慈的王孫。

于嗟麟兮！　　　　　　　哎呀，真如麒麟一樣啊！

❶　定：同「顁」，額頂。

❷　公姓：與「公子」及下章的「公族」皆指王公貴族子弟。王引之《經義述聞》說：
「『公姓』、『公族』皆謂子孫也。古者謂子孫曰姓，或曰子姓，……族亦子孫之通
稱也。『公子』、『公姓』、『公族』皆指後嗣而言。」

三

麟之角。　　　　　　　　麒麟的頂角。

振振公族。　　　　　　　高貴、仁慈的公子王孫。

于嗟麟兮！　　　　　　　哎呀，真如麒麟一樣啊！

【賞析】

　　以往的說詩者多拿麒麟之足、額、角三者分別作文章，如說牠的足不踐踏活的草、蟲，額不碰撞生物，角也不用來觸刺等等。其實那些都是想當然的附會。姚際恆《詩經通論》說得好：「詩因言麟，而舉麟之趾、定、角為辭，詩例次序本如此，不必論其趾為若何，定為若何，角為若何也。」就是說，作者只是分別以麟之趾、定、角入詩，湊足三章輪唱的歌辭，其中並無特定的含義。《詩經》和後來歷代的民歌都常用這種手法。

　　本詩特別之處在於，每章的三句都是「不完全句」（又稱「名詞性詞組作句」或「非主謂句」），即沒有完整主謂結構的句子。這是漢語詩歌特有的句式。由於省略程度高（但到底省略了甚麼詞語卻難以明確指出來），造成了「跳躍」和「朦朧」的效果，能夠「含不盡之意，見於言外」，所以為後世詩人所樂用。如：

　　　　細草微風岸，危檣獨夜舟。（杜甫〈旅夜書懷〉）

　　　　雞聲茅店月，人跡板橋霜。（溫庭筠〈商山早行〉）

　　　　枯藤老樹昏鴉，小橋流水人家，古道西風瘦馬。（馬致遠〈天淨沙・秋思〉）

等等，都是典型的例子。有人稱此為「律句」，以為是古典格律詩獨有的句式（王力《漢語詩律學》），其實並非如此。因為早在《詩經》裏，這種句法已經絕不罕見了，而在現代新詩裏更比比皆是。

召南

甘棠

【題解】

　　召（音「紹」）南，是周代召公治下的南方地區詩歌。周成王在位時，由叔父周公姬旦與召公姬奭（音「式」）輔政，兩人分陝（今河南省陝縣）而治，召公負責管治西面的諸侯。其後周、召二公成為世襲的尊號。召南地區約為現在河南西南部直到湖北西部的長江流域一帶。《詩經》有〈召南〉十四篇。

　　甘棠即棠梨，又名杜梨，屬落葉喬木，高可達十公尺。相傳召公巡行邦國，曾在此甘棠樹下暫駐，並處理訴訟，由於他為政清廉，能明斷是非，很得民心，故詩人寫詩深表懷念。

【譯注】

一

蔽芾 ❶ 甘棠，　　　　　　葱蘢茂密的棠梨樹，
勿翦 ❷ 勿伐。　　　　　　不要損傷、砍伐它。
召伯 ❸ 所茇 ❹。　　　　　召伯曾在樹下留駐。

❶ 蔽芾：茂盛的樣子。芾，音「肺」。
❷ 翦：音「剪」，剪斷、裁截，即毀傷之意。
❸ 召伯：即召公奭，周文王庶子，封地在召（今陝西省岐山縣西南），在周初與周
　　公為二伯，同作輔政大臣，故稱「召公」或「召伯」（伯是諸侯首長之意）。詩中
　　的「召伯」也可能是指襲其封爵的後代（例如周宣王時的召穆公虎）。
❹ 茇：音「拔」，廬舍。這裏用作動詞，蔭蔽、居留的意思。

二

蔽芾甘棠，　　　　　　　葱蘢、茂密的棠梨樹，
勿翦勿敗 ❶。　　　　　　不要損傷、摧折它。
召伯所憩 ❷。　　　　　　召伯曾在樹下歇息。

❶ 敗：毀傷。
❷ 憩：音「氣」，休息。

三

蔽芾甘棠，	葱蘢、茂密的棠梨樹，
勿翦勿拜 ❶。	不要損傷、毀掉它。
召伯所說 ❷。	召伯曾在樹下休憩。

❶ 拜：本義為拔，也是摧折、毀傷之意。《韓詩》、《魯詩》作「扒」，意同。

❷ 說：音「稅」，停留，休息。

【賞析】

以往成語有「甘棠遺愛」或「甘棠之思」那樣的話，是指官員治理有方，為政清平，深得地方民眾愛戴的意思。其源正出於本詩。

全詩不作正面描寫或鋪敍，而取側面烘托的手法，只是反覆致意，促請人們愛護召伯駐地的甘棠樹，而一種思慕、緬懷的情意已油然而生，那位召伯的政績如何，也令人不難想像。這比直接讚頌、恭維有時效果更佳。唐代詩人杜甫〈古柏行〉：「孔明廟前有老柏，柯如青銅根如石。霜皮溜雨數十圍，黛色參天二千尺。君臣已與時際會，樹木猶為人愛惜。……」用的也同是因樹及人的聯想手法，與此詩不能說毫無淵源。

召南

殷其雷

【 題 解 】

　　丈夫冒着惡劣天氣匆匆出門行役，妻子寫詩急切盼望他早日歸來。

　　殷（音「因」），象聲詞，形容雷聲。其，助詞，起補足音節、加強語勢的作用。雷，用作動詞。按，《阜陽漢簡詩經》作「印其離」。「印」借作「殷」、「慇」，表達傷痛之意。則全句意為「傷痛別離」（胡平生、韓自強《阜陽漢簡詩經研究》）。

【譯注】

一

殷其雷，	雷聲隆隆響，
在南山之陽 ❶。	響徹南山的南坡。
何斯 ❷ 違斯 ❸，	怎麼匆匆便離開這兒，
莫敢或遑 ❹？	不敢偷閒片刻，稍作延宕？
振振 ❺ 君子 ❻，	忠厚老實的夫君啊，
歸哉歸哉！	回來吧快回來吧！

❶ 陽：山的南面。中國位於北半球，大部分地區在北回歸線以北，所以山的南面朝陽。山南即稱為「陽」。

❷ 斯：助詞，起補足音節、加強語勢的作用。

❸ 違斯：指離家出門。違，離開。斯，指示代詞，猶「此」、「這」。

❹ 或遑：有所延宕、懈怠，即偷閒之意。或，有。遑，閒暇。

❺ 振振：仁厚的樣子。

❻ 君子：對上流社會男士的尊稱。此指其丈夫。

二

殷其雷，	雷聲隆隆響，
在南山之側 。	響徹南山的山邊。
何斯違斯，	怎麼匆匆便離開這兒，
莫敢遑息 ❶？	不敢偷閒一會兒，稍事歇息？

振振君子，　　　　　　　　忠厚老實的夫君啊，

歸哉歸哉！　　　　　　　　回來吧快回來吧！

❶　遑息：偷閒休息。

三

殷其雷，　　　　　　　　　雷聲隆隆響，

在南山之下。　　　　　　　響徹南山的山麓。

何斯違斯，　　　　　　　　怎麼匆匆便離開這兒，

莫或 ❶ 遑處 ❷？　　　　　不敢偷點空兒，多留一會？

振振君子，　　　　　　　　忠厚老實的夫君啊，

歸哉歸哉！　　　　　　　　回來吧快回來吧！

❶　或：有。

❷　處：停留，居留。

【賞析】

　　由於這首詩每章的一、三、五、六句彼此相同，所以便在二、四句的用詞上作出變化，這是一方面；其次，又在首、二句用上三言和五言，以與其他四言句有別，令句子長短亦產生變化：由此造成參差錯落、抑揚迴環的效果，以增強音樂性和藝術感染力。

　　每章開頭兩句所描寫的雷聲，前人或以為是比喻丈夫乘坐的車聲，或

以為象徵君令的嚴苛。其實都不然。作者只是就與丈夫離別時眼前的自然景物起興，客觀上形成一種緊迫感和壓抑感而已，並無特別安排的寓意，所以我們閱讀時也不必去刻意求深。

召南

小星

【題解】

　　這是一個小官吏的怨詩，他被日夜繁忙的公務弄得疲於奔命，不禁對命不如人嗟歎不已。

【譯注】

一

| 嘒 ❶ 彼小星， | 那小小的星星閃微光， |
| 三五在東。 | 三顆五顆在東方。 |

肅肅 ❷ 宵征 ❸，　　　　　急急忙忙趕夜路，

夙 ❹ 夜在公 ❺。　　　　　為公事早晚奔忙。

寔 ❻ 命不同！　　　　　　我命運實在和人不一樣！

❶　嘒：音「惠」，通「嘒」，星閃微光的樣子。

❷　肅肅：急促、迅速的樣子。

❸　征：行。

❹　夙：音「宿」，早。

❺　公：謂朝廷。這裏指朝廷之事，即公家事務。

❻　寔：音「實」，助詞，有加強肯定的作用。

二

嘒彼小星，　　　　　　　那閃着微光的小星星，

維 ❶ 參 ❷ 與昴 ❸。　　　　就是參星和昴星。

肅肅宵征，　　　　　　　急急忙忙趕夜路，

抱衾 ❹ 與裯 ❺。　　　　　帶着被褥和蚊帳。

寔命不猶 ❻！　　　　　　我命運實在不如人！

❶　維：助詞，這裏表判斷語氣，為判斷詞「是」的前身。

❷　參：音「森」，星宿名，二十八宿之一，由七顆星組成，其中三顆特別明亮。

❸　昴：音「牡」，也是二十八宿之一，由七顆星組成，但古人以為是五顆星組成。

❹　衾：音「襟」，被子。

❺　裯：音「酬」，一作「裯」，帳子。

❻　不猶：不如。

【賞析】

　　舊說這首詩是讚揚夫人「無妒忌之行」，能夠善待侍妾，使她們可以時以「進御於君」（《詩序》），因此以往「小星」便成了侍妾（二奶）的代名詞。其實那完全是曲解了詩意。因為從「夙夜在公」句可見，這首詩寫的是一個為朝廷公務晝夜奔忙的人，而非甚麼容易和夫人爭風吃醋的「侍妾」。

　　《詩經》裏出現的「公」字或指君王、諸侯等大貴族，或指他們的施政場所，即朝堂、宮廷，例如〈召南‧采蘩〉與〈魯頌‧有駜〉的多句「夙夜在公」，便是後者之意；而〈召南‧羔羊〉的「退食自公」與「自公退食」，〈齊風‧東方未明〉的「自公召之」、「自公令之」等等，其中「公」字也都是指「朝廷」。〈小星〉這句也不例外。所以顯然地，本詩的抒情主人公應是一位小官吏（低級公務員），和侍妾之類完全不相干。

召南

騶虞

【 題 解 】

　　這是誇讚善於管理園囿的王家牧獵官的詩，作者當是園囿主人或其下屬。

　　古代天子、諸侯有專設的狩獵場 —— 園囿，騶虞（音「聰余」）便是管理獵場的官員。他平日負責牧養園中的獸群，到狩獵時便把牠們驅趕出來，以讓主人施射。這首詩稱讚騶虞能盡忠職守，把園中野獸養得肥碩眾多，令狩獵者射得開心，而旁觀者也看得痛快。

【譯注】

一

彼茁 ❶ 者 ❷ 葭 ❸。　　　　　　那片蓬勃茁長的蘆葦。

壹發五犯 ❹。　　　　　　　　　一放箭,五隻大母豬應聲倒。

于嗟 ❺ 乎騶虞 ❻!　　　　　哎喲喲,好牧官——騶虞!

❶ 茁:草木初生壯盛的樣子。

❷ 者:助詞,作用同「之」。

❸ 葭:音「加」,初生的蘆葦。

❹ 壹發五犯:形容野獸之肥碩繁多。壹,副詞,一旦,又通「一」。發,放箭。犯,音「巴」,母豬。

❺ 于嗟:歎詞,表讚賞。

❻ 騶虞:賈誼〈禮篇〉:「騶者,天子之囿也;虞者,囿之司獸者也。」即園囿中掌管牧養獸群和協助狩獵之事的官員。

二

彼茁者蓬 ❶。　　　　　　　那片蒙茸茁長的蓬蒿。

壹發五豵 ❷。　　　　　　　一放箭,五隻小野豬應聲倒。

于嗟乎騶虞!　　　　　　　哎喲喲,好獵官——騶虞!

❶ 蓬:蓬蒿。植物名。

❷ 豵:音「宗」,小豬。

【賞析】

　　這首詩每章三句分詠看似無關的三個場景：原野春景、射獵場面、牧獵官。但實際上卻運用了後世電影才有的「蒙太奇」手法：內裏一線潛牽，構成緊密聯繫的統一意象。其中一、三兩句是「不完全句」（沒有完整主謂結構的句子），提供了廣闊的想像空間，而形成句意間較大的跳躍，所以顯得詩味濃郁，耐人咀嚼。由此可見當時詩人已掌握了相當純熟的寫作技巧，懂得並充分利用了詩與散文的區別（散文少用不完全句，句意的銜接一般也較為緊密）。

邶風

凱風

邶（音「背」），又作北，古國名，在今河南省淇縣以北一帶，武王克商之後，把紂王兒子武庚封在這裏。後來被衛國吞併。《詩經》有〈邶風〉十九篇。

這首是兒子頌揚母愛，表示愧疚自責的詩。

凱風，即南風，它温潤和煦，能長養萬物，所以詩人用來比喻博大、無私的母愛，並借棗樹的成長頌揚慈母養育之恩；同時，又對自己兄弟數人未能恪盡孝道，為母親解困分憂，令她免除勞苦而深感愧惡。

【譯注】

一

凱風自南，	和風從南方吹來，
吹彼棘心 ❶。	煦拂那棗樹幼苗。
棘心夭夭 ❷，	棗樹苗欣欣茁長，
母氏劬勞 ❸。	全憑母親的操勞。

❶ 棘心：酸棗樹苗。棘，酸棗樹，多刺的落葉灌木，果實小而酸。馬瑞辰《毛詩傳箋通釋》：「蓋棘棗初生，皆先見尖刺，尖刺即心，心即纖小之義，故難長養。」

❷ 夭夭：鮮嫩美好的樣子。

❸ 劬勞：辛勞。劬，音「渠」。

二

凱風自南，	和風從南方吹來，
吹彼棘薪 ❶。	吹拂那粗壯的棗樹。
母氏聖 ❷善，	母親聰慧善良，
我無令人 ❸。	我們卻沒一個成器。

❶ 棘薪：可作柴薪的、長成的酸棗樹。

❷ 聖：聰明睿智。

❸ 令人：好人，有才德的人。令，善。

三

爰 ❶有寒泉，	有道清冽的泉水，
在浚 ❷之下。	流經浚邑城下。
有子七人，	長養了七個兒子，
母氏勞苦。	卻仍要母親勞苦。

❶ 爰：音「援」，句首助詞。

❷ 浚：音「俊」，衛國邑名。在今河南省濮陽市南。

這段以泉水尚可以有益於民，反襯自己兄弟數人的不成器、不中用。

四

睍睆 ❶黃鳥 ❷，	美麗的黃鶯兒，
載 ❸好其音。	唱出婉轉動人的歌聲。
有子七人，	養育了七個兒子，
莫慰母心。	卻沒一個能安慰母心。

❶ 睍睆：音「演浣」，美麗的樣子。

❷ 黃鳥：黃鶯。

❸ 載：句首語助詞，無義。

朱熹《詩集傳》說：「言黃鳥猶能好其音以悅人，而我七子獨不能慰悅母心哉！」

【賞析】

本詩一、二章是對崇高母愛的頌揚，從二章末句（「我無令人」）起轉入到詩人的自責。三、四章更分別以清泉、黃鳥作對照，進一步加深抱愧自責之意，令讀者深為詩人的真誠打動。

香港英年早逝的歌手黃家駒，唱過一首流傳甚廣的歌曲 ——《真的愛你》：「無法可修飾的一對手，帶出溫暖永遠在背後，縱使囉嗦始終關注，不懂珍惜太內疚。春風化雨暖透我的心，一生眷顧無言地送贈……」，和本詩的主題十分相像。讀過〈凱風〉這首詩，相信許多年輕朋友都會在心底裏對自己慈藹的母親深情地說一聲「真的愛你」吧。

邶風

簡兮

【題解】

　　一個女子愛上一位高大健美、技藝出眾的舞蹈家，在看完精彩的演出後寫成這首詩，訴述自己迷戀的深情。

【譯注】

一

簡 ❶ 兮簡兮，　　　　　　　　咚咚響呀咚咚響，
方將萬舞 ❷。　　　　　　　　萬舞即將要開場。

日之方中，　　　　　　　　　　太陽正午當頭照，

在前上處 ❸。　　　　　　　　　他站在隊列前排最上方。

❶　簡：是開場的鼓聲。鼓聲響過，舞蹈便開場了。

❷　萬舞：舞蹈名，包括文武二舞。武舞手執干、戚（斧）等兵器，文舞手執鳥羽和樂器。

❸　上處：居於上方，即站在頭一名。

二

碩人 ❶ 俁俁 ❷，　　　　　　　健碩的人兒一表堂堂，

公庭 ❸ 萬舞。　　　　　　　　　在宮廷的廳堂表演萬舞。

有力如虎，　　　　　　　　　　孔武有力如猛虎般，

執轡 ❹ 如組 ❺。　　　　　　　　手握韁繩似柔軟的絲帶。

❶　碩人：體格健美的人。

❷　俁俁：音「語語」，高大有威儀的樣子。

❸　公庭：指宗廟或宮廷的前庭，是可以舉行射禮、作樂舞的地方。

❹　轡：音「秘」，馬韁繩。武舞時的道具。

❺　組：絲帶。這句形容他舞技嫻熟。

這一段描寫武舞。

三

左手執籥 ❶，　　　　　　　　　他左手拿着笛子，

右手秉 ❷ 翟 ❸。　　　　　　　　右手握着雉羽。

赫 ❹ 如 渥 ❺ 赭 ❻，	臉色紅潤，容光煥發，
公 言 錫 ❼ 爵 ❽。	公爺傳令賞酒一大杯。

❶　籥：音「若」，古代管樂器，似笛而較小。

❷　秉：執持。

❸　翟：音「敵」，雉，即山雞。此指山雞尾羽。

❹　赫：音「嚇」，鮮紅的樣子。

❺　渥：音「握」，沾潤。

❻　赭：音「者」，紅褐色。

❼　錫：賜。

❽　爵：古代酒杯。

這一段描寫文舞。

四

山 有 榛 ❶，	山上長着榛樹，
隰 ❷ 有 苓 ❸。	窪地長着苓草。
云 ❹ 誰 之 思？	我念念不忘把誰想？
西 方 美 人。	是西方來的美男子。
彼 美 人 兮，	那位美男子呀，
西 方 之 人 兮！	是西方的周人呀！

❶　榛：音「津」，樹名。落葉灌木或小喬木，果實叫榛子，果仁可吃。

❷　隰：音「習」，低濕之地。

❸　苓：音「玲」，甘草。「山有□，隰有□」是〈國風〉中常用句法，表示事物各有歸依，以興起相思相戀的愛念。

❹　云：助詞，無義。

【賞析】

詩人對「在前上處」的領舞者情有獨鍾，對他的一舉手、一投足全神貫注，在前三段進行了細緻的描繪。最後一段則一唱三歎地傾吐自己痴戀之情，全詩就在感情的浪峰處戛然而止。

邶風

靜女

【題解】

　　這是描寫少男少女在城邊僻靜處約會，並贈送禮物定情的詩篇，用第一人稱男子的口吻敘述。活潑、熱情中又帶點兒幽默感，是別具特色之作。

【譯注】

一

靜女其 ❶妹 ❷，　　　　　　　文靜的姑娘多可愛，

俟 ❸ 我 於 城 隅 ❹。　　　　　約好在城邊等候我。

愛 ❺ 而 不 見，　　　　　　她藏起來，不露面，

搔 首 踟 躕 ❻。　　　　　　急得我抓耳搔腮團團轉。

❶　其：助詞，在此有協調音節並強化語氣的作用。

❷　姝：音「書」，美麗，可愛。

❸　俟：音「字」，等候。

❹　城隅：城角隱僻之處。隅，音「余」，角落。

❺　愛：借為「薆」，隱蔽（馬瑞辰說）。

❻　踟躕：音「池除」，徘徊。《韓詩》作「躊躇」，義同。

二

靜 女 其 孌 ❶，　　　　　　文靜的姑娘多嫵媚，

貽 ❷ 我 彤 管 ❸。　　　　　送我一根紅草莖。

彤 管 有 ❹ 煒 ❺，　　　　　紅草的顏色鮮又亮，

說 懌 ❻ 女 ❼ 美 。　　　　　我真喜歡你漂亮。

❶　孌：音「戀」，美好。

❷　貽：音「移」，贈送。

❸　彤管：紅色的管狀物。與下文聯繫起來看，應是指草類。彤，音「同」，紅色。

❹　有：助詞，有協調音節、強化語氣的作用。

❺　煒：音「偉」，鮮紅的樣子。

❻　說懌：音「悅亦」，喜歡。說，同「悅」。

❼　女：古「汝」字，你。這裏一語雙關，表面指「彤管」，實際指「靜女」。

三

自牧 ❶ 歸 ❷ 荑 ❸，	從牧場採贈我嫩茅草，
洵 ❹ 美且異 ❺。	實在美麗又出眾。
匪 ❻ 女 ❼ 之為美，	並非你草兒真的美喲，
美人之貽！	只因是美人所贈送！

❶ 牧：郊外牧場。

❷ 歸：音「餽」，通「饋」，贈送。

❸ 荑：音「題」，初生的茅草。指上文的「彤管」。

❹ 洵：音「詢」，確實。

❺ 異：與眾不同。

❻ 匪：非。

❼ 女：汝。

【賞析】

　　首章寫雙方約會，次章送禮定情，末章對禮物嘖嘖稱美。開頭是女方調皮地捉弄男方，後來是男方盛讚女方。從少女所贈別致的禮品 —— 一根鮮紅的茅草來看，他們是講「心」不講「金」的。如果雙方都能珍惜、維繫這段真率、深摯的感情，又何愁不能「天長地久」呢！

邶風

二子乘舟

【題解】

　　兩人乘船遠行，親友（很可能是他們的母親）在江邊送別後，寫成此詩，對他們這次旅程深表憂念。

　　據古代傳說，這是揭露、譴責衛宣公殺害親兒子伋和壽的詩篇。太子伋和公子壽是同父異母兄弟，壽的同母弟朔與其母向宣公詆毀伋，宣公便派伋前往齊國，同時在半路埋伏殺手，要加害於伋。壽得知消息，便告訴伋，並力勸他逃走，但伋不肯。壽只好偷了伋的符節先行，結果遇害。伋隨後趕到，質問殺手道：「父王要殺的是我，壽有甚麼罪過，竟遭此毒手？」結果也被殺害。衛國人哀悼他們，於是寫成這首詩，以二子乘舟比喻兩人涉危犯險（《毛傳》、《詩集傳》）。

　　不過，僅從本詩內容看，實在很難斷定是否和宣公那次罪行有關。

所以我們不妨把情節淡化，就當成一位慈母惦念遠行兒子的作品去欣賞好了。

【譯注】

一

二子乘舟，　　　　　　　　兩個孩子坐船，

汎汎 ❶ 其景 ❷。　　　　　　晃悠悠地遠去。

願言 ❸ 思子，　　　　　　　我深深惦念着你們，

中心養養 ❹。　　　　　　　心裏總不安穩。

　　❶　汎汎：音「泛泛」，飄浮的樣子。

　　❷　景：通「憬」，遠去。

　　❸　願言：思念的樣子。言，語助詞。

　　❹　養養：忐忑不安。

二

二子乘舟，　　　　　　　　兩個孩子坐船，

汎汎其逝。　　　　　　　　晃悠悠地遠行。

願言思子，　　　　　　　　我深深惦念着你們，

不瑕 ❶ 有害 ❷？　　　　　　可不會有甚麼閃失？

　　❶　不瑕：可不會。表疑慮之詞。馬瑞辰《毛詩傳箋通釋》：「『不瑕』猶云不無，疑

之之詞也。」

❷ 有害：「有害」、「亡（無）害」是古代常語，多見於甲骨文。

【賞析】

　　兩章大同小異，通過反覆詠歎，從「中心養養」到「不瑕有害」，將憂念具體化，詩意也就推進了一層，而慈母的忐忑心情更加灼然可見。

　　李白〈黃鶴樓送孟浩然之廣陵〉詩：「故人西辭黃鶴樓，煙花三月下揚州。孤帆遠影碧空盡，唯見長江天際流。」與此詩每章前半描寫的境界相近。但李詩胸懷曠遠，開朗樂觀，與此詩憂心忡忡的情調當然大相逕庭。

鄘風

牆有茨

【題解】

　　鄘（音「庸」），古國名，在今河南省淇縣西南方一帶，周武王原把弟弟管叔封在這裏為監。後部分併入衛國。所以〈邶風〉、〈鄘風〉裏都有〈衛風〉。《詩經》有〈鄘風〉十篇。

　　這首詩，便是與衛國宮廷的性醜聞有關。茨（音「慈」），即蒺藜，是有刺的草本植物。詩人以牆上蒺藜之難以清除（如清除，則會棘手，傷牆），比興宮闈醜事之不可外揚，鞭撻十分有力。

　　據舊說，衛宣公死後，惠公年幼，其庶兄公子頑與宣公遺孀（也就是惠公母親）宣姜私通，並生下三男二女 —— 齊子、戴公、文公、宋桓夫人、許穆夫人。國人對這種亂倫穢行極之不齒，因而含沙射影地加以嘲諷、抨擊。

【譯注】

一

牆有茨，　　　　　　　　　　牆上長了蒺藜，
不可埽❶也。　　　　　　　　　沒法把它掃除呀。
中冓❷之言，　　　　　　　　　深宮密院的私房話，
不可道也。　　　　　　　　　　不可告訴別人呀。
所❸可道也，　　　　　　　　　要是告訴人呀，
言之醜也！　　　　　　　　　　説出來可真羞呀！

❶ 埽：同「掃」。
❷ 中冓：猶「冓中」，指宮室隱密之處。冓，音「夠」。《說文解字》:「冓，交積材也。」一說，冓，同「寋」，夜也;「中冓」即半夜（顧野王《玉篇》）。
❸ 所：假設連詞，如果。

二

牆有茨，　　　　　　　　　　牆上長了蒺藜，
不可襄❶也。　　　　　　　　　沒法把它清除呀。
中冓之言，　　　　　　　　　　深宮密院的私房話，
不可詳❷也。　　　　　　　　　不可對人細説呀。
所可詳也，　　　　　　　　　　要是一一細説呀，
言之長也。　　　　　　　　　　講起來臭又長呀！

❶ 襄：音「相」，除去。

❷ 詳：細說。《韓詩》作「揚」，宣揚。

三

牆有茨，	牆上長了蒺藜，
不可束 ❶ 也。	沒法把它去掉呀。
中冓之言，	深宮密院的私房話，
不可讀 ❷ 也。	不可對外張揚呀。
所可讀也，	要是宣揚開去呀，
言之辱也！	說出來真可恥呀！

❶ 束：捆起（扔掉）。朱熹《詩集傳》：「束，束而去之也。」

❷ 讀：說出來。張揖《廣雅》：「讀，說也。」

【賞析】

　　這詩雖直指「中冓之言不可道」，說出來可羞可恥，但又留有餘地，始終未具體揭出有關的人和事，可謂「直而能曲」，深得「風人之旨」。而且這樣一來，既可讓讀者作更廣泛的聯想，從而拓展作品的內涵，使它更有餘味；同時，還能有效地保護作者自己，令有關當局不易對其羅織入罪。實在一舉兩得，聰明之至。

鄘風

鶉之奔奔

【題解】

　　這是衛國人假借國君弟弟的口吻在指斥其兄。

　　作者以鶉鶉、喜鵲的雌雄相得、飛鳴有序作對比，直斥衛國君主的禽獸不如。感情憤懣激切。

【譯注】

一

鶉 ❶ 之 奔 奔 ❷，　　　　　　　鶉鶉比翼飛翔，

鵲 ❸ 之彊彊。　　　　　　喜鵲來去成雙。

人之無良，　　　　　　　那傢伙歹毒心腸，

我以為兄！　　　　　　　我卻要稱他做兄長！

❶　鶉：音「純」，鵪鶉，鳥名。羽毛赤褐色，雜黑白色花紋，好鬥，但易馴養。

❷　奔奔：與下文之「彊彊」（音「強強」），都是形容「居有常匹，飛則相隨」的樣子（朱熹說）。

❸　鵲：音「雀」，喜鵲，鳥名。

二

鵲之彊彊，　　　　　　　喜鵲來去成雙，

鶉之奔奔。　　　　　　　鵪鶉比翼飛翔。

人之無良，　　　　　　　那傢伙喪盡天良，

我以為君！　　　　　　　我還要尊他做君王！

【賞析】

　　這是一首異常大膽、尖刻的諷刺詩，矛頭直指最高統治者。作品巧妙之處在於，它不採用一般旁觀者的口吻和視角，而是假借衛君弟弟之口，直接指斥其兄。這便增加了譴責的分量，也提高了內容的可信性。

鄘風

相鼠

【題解】

　　詩人大動肝火，把寡廉鮮恥的「無禮」之徒痛加斥責，說他們連老鼠
也不如，最好馬上「人間蒸發」。

【譯注】

一

相 ❶ 鼠有皮，　　　　　　看那老鼠還有一張皮，
人而無儀。　　　　　　你做人卻毫無禮儀。

人而無儀，　　　　　　　　做人沒禮儀，
不死何為！　　　　　　　　幹嘛還不死！

❶ 相：察看。

二

相鼠有齒，　　　　　　　　看那老鼠還有副牙齒，
人而無止 ❶。　　　　　　　你做人卻不講禮節。
人而無止，　　　　　　　　做人不講禮，
不死何俟 ❷！　　　　　　　不死待何時！

❶ 止：節。或釋「容止」，也是禮儀、禮節之意。

❷ 俟：音「字」，等待。

三

相鼠有體，　　　　　　　　看那老鼠還有具肢體，
人而無禮。　　　　　　　　你做人卻不守禮法。
人而無禮，　　　　　　　　做人不守禮，
胡不遄 ❶死！　　　　　　　還不趕快死！

❶ 遄：音「全」，快速。

【賞析】

　　周朝是重「禮治」的時代。所以孔子要求「克己復禮」，強調應「為國以禮」、「道之以德，齊之以禮」；後來荀子也主張「禮以定倫」。「周禮」代表着周朝的整套典章制度，是從處理大小政務到為家庭倫理關係定位的準則，是所有社會活動與人的行為的共同規範。所謂「非禮勿視」、「非禮勿聽」、「非禮勿言」、「非禮勿動」，可見它的權威性。凡是違反禮制的，便要被千夫所指，「鳴鼓而攻之」。由〈相鼠〉作者對「非禮」、「無禮」者口誅筆伐、「惡之欲其死」的嚴峻態度，可見當時以禮為本的社會風氣之一斑。

鄘風

載馳

【題解】

　　《詩經》多為無名氏之作，只有少數幾篇可以考知作者，這是其中之一。《左傳‧閔公二年》（公元前 660 年）載：「冬十二月，狄人伐衛。……衛師敗績，遂滅衛。立戴公以廬于漕。許穆夫人賦〈載馳〉，齊侯使公子無虧帥車三百乘、甲士三千人以戍漕。」許穆夫人是衛國宣姜所生，嫁到許國去。後來衛國被狄人攻破，國人流亡到漕邑（今河南省滑縣附近），在宋桓公幫助下，立了戴公（許穆夫人之兄）為衛君。不久戴公死，其弟文公（也是許穆夫人之兄）繼位。其間，許穆夫人曾排除阻撓，從許國趕至漕邑弔唁，寫成這首詩。

【譯注】

一

載 ❶ 馳 ❷ 載 驅 ❸，	坐着飛奔的馬車，
歸唁 ❹ 衛侯。	歸去慰問衛侯。
驅馬悠悠 ❺，	趕着馬兒走遠路，
言 ❻ 至于漕 ❼。	到那漕邑去。
大夫跋涉 ❽，	大夫們水陸兼程追趕我，
我心則憂。	我的心裏很煩憂。

❶ 載：助詞。

❷ 馳：讓馬快跑。

❸ 驅：策馬前進。

❹ 唁：音「彥」，弔唁，對有喪事的人家或失國的諸侯致以慰問。

❺ 悠悠：路漫長的樣子。

❻ 言：助詞。

❼ 漕：衛邑名。狄人滅衛時，宋桓公（許穆夫人的姊夫）把衛國五千多人救過黃河，安置在漕邑，並立了衛戴公為國君。

❽ 跋涉：指遠途奔波。跋，行經草地。涉，淌水過河。

第一段，許穆夫人到漕邑去，許大夫群起阻撓。

二

既 ❶ 不我嘉 ❷，	儘管全都不以我為然，

不能旋 **❸** 反 **❹**。	也不能令我往回轉。
視 **❺** 爾 **❻** 不臧 **❼**,	比起你們的短見,
我思不遠?	我的思慮豈不更深遠?
既不我嘉,	儘管全都不以我為然,
不能旋濟 **❽**。	也不能令我渡河回轉,
視爾不臧,	比起你們的陋見,
我思不閟 **❾**?	我的思慮豈不更周全?

❶ 既:盡,全數。

❷ 嘉:嘉許,贊成。

❸ 旋:轉回。

❹ 反:同「返」。

❺ 視:比。

❻ 爾:指許眾大夫。

❼ 臧:音「髒」,善,好。「不臧」指其自私短視、見識淺陋。

❽ 濟:渡河。許、衛之間隔着黃河。

❾ 閟:音「秘」,關閉。引申為縝密、周到。

以上第二段,許穆夫人反駁大夫們的意見,表示自己決不回頭。

三

陟 **❶** 彼阿丘 **❷**,	登上那高高的山岡,
言 **❸** 采其蝱 **❹**。	採些貝母。
女子善懷 **❺**,	女子雖説多愁善感,
亦各有行 **❻**。	也自有合理的主張。

許人尤 ❼ 之，	許國人紛紛責難我，
眾 ❽ 穉 ❾ 且狂。	實在無知又狂妄。

❶ 陟：音「即」，登高，往上走。

❷ 阿丘：一面偏高的山丘。

❸ 言：助詞。

❹ 蝱：音「忙」，「莔」的假借字，即中藥貝母，據說可以治療憂鬱病。

❺ 善懷：多愁善感。

❻ 行：音「幸」，道路。引申為道理、主張。

❼ 尤：非議，責備，怨恨。按，當時許國大夫們以「父母終，不得歸寧兄弟」的禮法責難她。

❽ 眾：借為「終」，既（王引之說）。「終□且□」是《詩經》的常用語。

❾ 穉：音「字」，同「稚」，幼稚無知。

以上第三段，為自己的正當做法辯護，對許國大夫們的不理解及自以為是感到憂悶痛心。

四

我行其野，	我走在那田野上，
芃芃 ❶ 其麥。	麥苗長得多暢旺。
控于大邦 ❷，	向大國投訴求援，
誰因 ❸ 誰極 ❹？	誰可依靠？誰能擔當？
大夫君子，	各位大夫先生，
無我有 ❺ 尤。	不要責怪我吧。
百爾所思，	你們想的再多個主意，

不如我所之**❻**！   都不如我此刻實行的！

❶ 芃芃：音「蓬蓬」，草木茂盛的樣子，

❷ 大邦：大國。

❸ 因：依靠。

❹ 極：準則。這裏用作動詞，「主持公道、正義」之意。

❺ 有：助詞。

❻ 所之：所去，所往。指自己正採取的計劃、行動。

以上第四段，義正辭嚴地反責許國大夫，表明自己按原計劃行動，挽救危亡祖國的堅定信念。

【賞析】

這首詩，一致公認是許穆夫人的作品。這位堅強的女性，具有高度的愛國熱忱，當祖國陷於危亡的緊急關頭，她挺身而出，奔走呼號，千方百計盡力援救，而且，還能力排眾議，百折不撓地向着既定目標奮力前行。最後，她終於達成了願望：齊國派兵援救，後來還扶助衛文公遷都楚丘，使衛國得以逐步恢復元氣。許穆夫人的政治遠見和強毅性格，的確令人欽佩，並且非常值得稱道。

這首詩據內容看，應當作於奔赴漕邑的途中。由於一面為衛國擔憂，同時又受許人的困擾，百慮縈胸，實很難沉得住氣，但詩歌卻似一氣呵成，思路明晰，層次安排十分妥適：這是本詩作者的另一難能可及之處。

尚有一點值得提出的是：許穆夫人還是世界上已知有名姓可考的最早一位女詩人。

衛風

考槃

【題解】

衛，國名，都朝歌（今河南省鶴壁市淇縣），為周武王弟弟康叔封地，在今河北省南部至河南省北部一帶。《詩經》有〈衛風〉十篇。

這是中國現存最早的一首隱逸詩，作者是位勘破世情的高士。他寧願離群索居，獨來獨往，也不與世俗同流合污。

【譯注】

一

考槃 ❶ 在澗，	敲盤取樂在山溪，
碩人之寬 ❷。	健美的人兒胸懷廣。
獨寐 ❸ 寤 ❹ 言，	獨睡醒來還自語，
永矢 ❺ 弗諼 ❻。	這種樂趣此生永不忘。

❶ 考槃：即敲盤。考，通「拷」，叩擊。槃，通「盤」，古代敲擊樂器。一說，考，成；槃，樂。「考槃」即自得其樂。亦通。

❷ 寬：指胸懷寬廣，無憂無慮。

❸ 寐：睡着。

❹ 寤：醒來。

❺ 矢：誓。

❻ 諼：音「圈」，忘記。這句自誓永遠不忘此中樂趣，即永不改變初衷之意。又，這句在《阜陽漢簡詩經》中作「柄矢弗缏」，可讀為「永矢弗謾」，即永不欺詐之意。

二

考槃在阿 ❶，	敲盤取樂在山間，
碩人之薖 ❷。	健美的人兒心寬暢。
獨寐寤歌，	獨睡醒來自唱歌，
永矢弗過 ❸。	這種生活唯願天天過。

❶ 阿：音「柯」，山的曲折處。

②　蕳：音「戈」，寬大的樣子。《韓詩》作「偘」，美貌。

③　弗過：不以為過，即不以為非之意。這句也是說永遠樂此不疲，不變其初衷。所謂「若將終身」之意。

三

考槃在陸，	敲盤取樂在山野，
碩人之軸 ❶。	健美的人兒體安康。
獨寤寐宿，	獨睡醒來自躺臥，
永矢弗告 ❷。	箇中樂趣不須對人講。

❶　軸：借為「逐」，強壯的樣子。《爾雅》：「競、逐，強也。」

❷　弗告：不向別人講。句意說只可自得其樂，別人難以領略。

【賞析】

　　南朝的陶弘景（公元 457 至 537 年），有俊才，隱居在句曲山，自號華陽隱居。皇帝屢加禮聘，都不肯出仕。齊高帝蕭道成曾有詔問他，到底「山中何所有」，值得他那麼留戀？他寫了一首詩回答：「山中何所有？嶺上多白雲。只可自怡說，不堪持贈君。」表現了超然獨處的賢者澄澹而自得其樂的襟懷，和〈考槃〉的詩意正相吻合。

衛風

氓

【題解】

氓（音「文」）就是民，這是對詩中男子的稱呼。

這首詩以被丈夫遺棄的女子口吻寫成，訴說她的愛、她的悔和她的恨，最後表明了和負心男子一刀兩斷的決心，顯示出她寧折不彎的堅強性格。

【譯注】

一

氓之蚩蚩 ❶，	你這漢子笑嘻嘻，
抱布 ❷ 貿 ❸ 絲。	拿着布帛來換絲。
匪 ❹ 來貿絲，	並非真個來買絲，
來即 ❺ 我謀 ❻。	是來找我談婚事。
送子涉淇 ❼，	我送你渡過淇水，
至于頓丘 ❽。	直送到頓丘那裏。
匪我愆 ❾ 期，	不是我故意誤佳期，
子無良媒。	是你沒找到好媒人。
將 ❿ 子無怒，	請你不要再生氣，
秋以為期。	就訂下秋天作婚期。

❶ 蚩蚩：音「痴痴」，嬉笑的樣子。

❷ 布：古代布匹有一定的長、寬規格，可作貨幣用以購物。如秦〈金布律〉規定：「錢十一當一布。」（十一錢折合一布）「布表八尺，福（幅）廣二尺五寸。」（布長八尺，幅寬二尺五寸）（見睡虎地秦墓竹簡整理小組編譯《睡虎地秦墓竹簡・秦律十八種・金布律》）故《毛傳》云：「布，幣也。」

❸ 貿：交易。

❹ 匪：非。

❺ 即：就，接近。

❻ 謀：商量。

❼ 淇：音「其」，河名，在今河南省北部。

❽ 頓丘：地名，在今河南省清豐縣西南。

⑨　愆：音「牽」，錯過。如《周易‧歸妹》：「歸妹愆期，遲歸有時。」

⑩　將：音「槍」，願，請求。

第一段，描述兩人當初相戀、訂婚的情形。

二

乘 ❶ 彼垝垣 ❷，	攀上那堵破牆頭，
以望復關 ❸。	向復關望了又望。
不見復關，	不見復關那人來，
泣涕 ❹ 漣漣 ❺；	忍不住眼淚漣漣；
既見復關，	見到了復關心上人，
載 ❻ 笑載言。	説説笑笑沒個完。
爾卜爾筮 ❼，	你占卜，你算卦，
體 ❽ 無咎言 ❾。	卦兆吉祥盡好話。
以爾車來，	打發你的車子來，
以我賄 ❿ 遷。	把我嫁妝搬回家。

❶　乘：登上。

❷　垝垣：頹垣、破爛的牆壁。垝，音「鬼」，毀壞。一說，垝，通「危」，高也（于省吾說）。垣，音「援」，牆。

❸　復關：地名。那男子的住處。

❹　涕：淚。

❺　漣漣：淚流不斷的樣子。

❻　載：助詞。在此有關聯作用。

❼　卜、筮：古人占卦的兩種方法。前者用龜殼，後者用蓍（音「私」）草。筮，音「逝」。

⑧　體：指卜兆、卦象，即占卦的結果。

⑨　咎言：不祥的話。咎，音「救」，較輕的禍殃。

⑩　賄：音「繪」，財物。這裏指嫁妝。

以上第二段，敘述兩人結婚和男子迎親的經過。

三

桑之未落，	桑樹未落葉，
其葉沃若 ❶。	葉子綠油油。
于 ❷ 嗟鳩兮，	唉，斑鳩啊，
無食桑葚 ❸！	可不要貪吃桑葚！
于嗟女兮，	唉，姑娘啊，
無與士耽 ❹！	千萬別痴戀男人！
士之耽兮，	男人陷進情網裏，
猶可說 ❺ 也；	還有辦法可擺脫；
女之耽兮，	女人陷進情網裏，
不可說也！	哪有法兒可脫身！

❶　沃若：潤澤、光鮮的樣子。若，助詞。這兩句比喻自己年輕貌美的時候。

❷　于嗟：感歎的聲音。于，音「於」，通「吁」。

❸　桑葚：桑的果實。葚，音「甚」，據說斑鳩多吃桑葚會醉，由此引出下兩句，用的是引喻手法。

❹　耽：音「擔」，沉迷於歡樂。此指盲目沉溺於愛情中。

❺　說：借為「脫」，解脫。

以上第三段，追悔當初年輕時過分沉溺於愛情。

四

桑之落矣，	桑樹落葉了，
其黃而隕❶。	葉子枯黃往下飄。
自我徂❷爾，	自從嫁到你家去，
三❸歲食貧。	多年吃苦又捱窮。
淇水湯湯❹，	淇水滔滔，
漸❺車帷裳❻。	濺濕了車圍幔。
女也不爽❼，	我做妻子的始終如一，
士貳❽其行❾。	是丈夫你變了心腸。
士也罔❿極⓫，	你為人反覆無常，
二三⓬其德！	朝三暮四不像樣！

❶ 隕：音「允」，落下。《阜陽漢簡詩經》作「芸」，黃色深濃的樣子。這兩句比喻自己年老色衰。

❷ 徂：音「曹」，往，去。

❸ 三：表示多。非實數。

❹ 湯湯：音「傷傷」，水勢浩大的樣子。女方被遺棄，故乘車渡河返回娘家。

❺ 漸：音「尖」，浸濕。

❻ 帷裳：車上的布幔，即車圍子。帷，音「圍」。

❼ 爽：變更（《爾雅·釋言》：「爽，忒也。」《說文解字》：「忒，更也」）。此義金文多見，例如西周〈矢人盤〉銘文便有「爽變」一詞。

❽ 貳：是「貣」的誤字，「貣」同「忒」（音「剔」），改變（王引之《經義述聞》）。

❾ 行：行為。

❿ 罔：音「網」，無，沒有。

⓫ 極：準則，指為人的道德原則。

⓬　二三：用作動詞，變來變去。「二三其德」等於說「士貳其行」，是對「罔極」的具體說明。

以上第四段，嚴厲譴責丈夫的負心忘情，無行缺德。

五

三歲為婦，	這多年來當媳婦，
靡❶室勞❷矣。	繁重的家務一肩挑。
夙❸興❹夜寐，	清早起，深夜睡，
靡❺有朝矣。	沒有哪天不是這樣。
言❻既遂❼矣，	生活漸好你已如願，
至于暴矣。	就對我兇暴起來了。
兄弟不知，	家中兄弟不知情，
咥❽其笑矣。	見我回來還嘻哈笑。
靜言思之，	靜下來默默思量，
躬❾自悼❿矣。	也只有暗自悲傷。

❶　靡：音「美」，共（《韓詩》）。

❷　室勞：家務勞動。句意謂所有家務勞動都是由我一力承擔。

❸　夙：音「肅」，早。

❹　興：音「星」，起來。

❺　靡：無，沒有。句意謂沒有一天不如此。

❻　言：助詞，無義，起補足音節作用。

❼　遂：達成，滿足。

❽　咥：音「戲」，笑的樣子。

❾　躬：自身，自己。

⑩ 悼：悲痛。

以上第五段，痛定思痛，哀歎自己悲苦無告的不幸處境。

六

及爾偕 ❶ 老，	說甚麼「和你白頭到老」，
老使我怨。	到老來卻使我滿懷怨恨。
淇則有岸，	淇水汪汪總有岸，
隰 ❷ 則有泮 ❸。	濕水長流也有邊。
總角 ❹ 之宴 ❺，	回想少年同歡樂，
言笑晏晏 ❻，	融融洽洽笑開顏，
信 ❼ 誓旦旦 ❽，	海誓山盟多誠懇，
不思其反 ❾。	想不到一下子全推翻。
反 ❿ 是 ⓫ 不思，	既然翻臉無情不念舊，
亦已 ⓬ 焉哉 ⓭！	那就一刀兩斷拉倒了算！

❶ 偕：音「諧」，共同，一塊兒。

❷ 隰：是「濕」（音「習」）的誤字，水名，即漯（音「塔」）河（聞一多說）。淇水、
濕水都是黃河支流，流經衛國境內。

❸ 泮：音「叛」，通「畔」，岸，邊際。這兩句反襯自己的怨恨、痛苦無邊無際。

❹ 總角：指少年時候。小孩子頭髮結紮成雙丫角，叫「總角」。總，聚，紮。

❺ 宴：和樂。

❻ 晏晏：音「鴳鴳」，柔和的樣子。

❼ 信：真誠可靠。

❽ 旦旦：懇切的樣子。

❾ 不思其反：句意謂「詎料其反覆如是之速耶」（方玉潤《詩經原始》）。

⑩　反：違反，背棄。

⑪　是：此。指「旦旦」之「信誓」及少年時兩相愛悅的情意。

⑫　已：止，完結。

⑬　焉哉：均語氣詞，表感歎。

以上第六段，回憶當年青梅竹馬的歡樂，進一步譴責男子負心，並以決絕態度作結。

【賞析】

這是《詩經》中著名的「棄婦」詩。全篇用「賦」的手法寫成，通過回憶與對比，反映詩中女主人公的不幸遭遇，揭露其夫如何負心忘情，以怨報德，控訴夫權的壓迫和社會之不公。她的遭遇，實際是當時無數被遺棄、被欺凌婦女身世的縮影。難得的是，那位女主人公遭此嚴重打擊後，並沒有就此一蹶不振而軟弱乞憐，也沒有為憂傷所壓倒、一死了之，而是敢怒敢言，和負心人作徹底決裂，並毅然現身說法，要天下痴情女子記取自己的教訓。在精神上，她實際是以「強者」姿態出現的。

因而，讀完此詩後，我們對她除深表同情之外，還不禁產生敬重之心。

衛風

伯兮

【題解】

　　丈夫到了前方打仗，留在家中的妻子儘管為自己夫婿的勇武感到自豪，但久而久之，相思的煎熬終令她難以抵受，而陷入深深的痛苦中。

【譯注】

一

伯 ❶ 兮朅 ❷ 兮，　　　　　　我的哥呀真威風，

邦之桀 ❸ 兮。　　　　　　　一國裏數他最英雄。

伯也執殳 ❹，　　　　　　　　哥哥他手執長殳杖，

為王 ❺ 前驅。　　　　　　　　去為君王打先鋒。

❶ 伯：「伯、仲、叔、季」是古人排行的稱呼，居長的稱「伯」。在《詩經》裏，「伯」、「叔」又可作愛稱，稱呼自己的情侶或丈夫。這裏便是一例。

❷ 揭：音「揭」，威武強壯。

❸ 桀：同「傑」，突出的人才。

❹ 殳：音「殊」，杖類的長兵器，有棱無刃，為兵車上的武士所執持。

❺ 王：指周王。春秋時，諸侯國有義務派兵隨周天子出征。

二

自伯之 ❶ 東，　　　　　　　　自從哥哥往東方，

首如飛蓬 ❷。　　　　　　　　我頭髮紛亂像飛蓬。

豈無膏 ❸ 沐 ❹，　　　　　　　哪是沒有膏油可梳洗，

誰適 ❺ 為容 ❻？　　　　　　　我要為誰來美容？

❶ 之：動詞，去。

❷ 蓬：草名。蓬草遇風則連根拔起，四處飛旋。後世有「蓬首」一詞，便是源出此句。

❸ 膏：潤髮的香油。

❹ 沐：洗頭。

❺ 誰適：取悅於誰？適，悅（馬瑞辰《毛詩傳箋通釋》）。這是代詞賓語前置的句法，上古常見。如《左傳》：「予取予求。」

❻ 為容：修飾容貌。所謂「女為悅己者容」。既然夫君不在，我又打扮給誰看呢？反詰之辭。

其 ❶ 雨其雨，　　　　　　下雨吧下雨吧，

杲杲 ❷ 出日 ❸。　　　　　太陽出來紅彤彤。

願言 ❹ 思伯，　　　　　　我念念不忘想着哥哥，

甘心首疾 ❺！　　　　　　頭昏腦脹也情願！

❶ 其：助詞，表祈使語氣。商代甲骨文有「其雨，其雨」之句。衛地為商朝故都（朝歌）所在，所以有殷商語言的遺留。

❷ 杲杲：音「稿稿」，明亮的樣子。

❸ 出日：「出日」也是殷商時習見句法，主語在後。如甲骨文：「又（侑，祭名）出日。」《尚書・堯典》：「寅賓出日。」（恭敬地迎候日出）以上兩句是說所求不遂。

❹ 願言：思念的樣子。言，助詞。

❺ 首疾：頭痛。甲骨卜辭有「王疾首」、「王疾目」、「王疾齒」之句，均言害病。又馬瑞辰說，「甘心」即苦心、痛心；「甘心首疾」即痛心疾首（《毛詩傳箋通釋》）。亦通。

四

焉得諼草 ❶ ？　　　　　哪兒可得忘憂草？

言 ❷ 樹之背 ❸。　　　　把它種在北堂下。

願言思伯，　　　　　　　念念不忘想着哥哥，

使我心痗 ❹。　　　　　　想他想得我心痛。

❶ 諼草：忘憂草。諼，音「圈」，忘記。其實並無這種草。後人把萱草稱為忘憂草，只因為「萱」與「諼」同音而已。

❷ 言：助詞，補足音節。

❸ 背：古同「北」字。古代居室一般坐北向南，所以「北」就是指北堂，即後房的
　　北階下。

❹ 痗：音「昧」，病。

【賞析】

　　本詩層層推進，刻劃「思婦念征夫」心境之微妙曲折的變化過程，可
謂入木三分。

　　首章是樂觀的：詩人先把自己夫婿盛讚一番，並以他「為王前驅」而
自豪；次章無心梳洗，雖然未至於病，但顯然心緒已亂；三章「甘心首
疾」，開始感到不適；四章從頭痛發展到心痛，證明病狀已日益加劇。長
此下去，人何以堪！所以方玉潤《詩經原始》義正辭嚴地說：「使非為王
從征，胡（何）以至是（此）？後之帝王讀是詩者，其亦以窮兵黷武為戒
歟！」可惜，這只是他一廂情願的良好願望而已，把百姓視如螻蟻、草
芥的獨夫們又豈會那樣容易動心而幡然悔悟，甚至「放下屠刀，立地成
佛」呢！

衛風

木瓜

【題解】

　　古代民間有「投果」風習，這首詩便是描寫男女間以這種方式示愛、定情的情景。後世「投桃報李」的成語便是由此來的。

【譯注】

一

投我以木瓜❶，　　　　你投贈我木瓜，
報之以瓊琚❷。　　　　我用美玉回報。

匪 ❸ 報也，　　　　　　　　這不是回報呀，

永以為好也！　　　　　　是希望和你永相好呀！

❶　木瓜：一種落葉灌木，果實橢圓形，長二三寸，可食。與俗稱「嶺南果王」的番
　　木瓜不同。

❷　瓊琚：與下文的「瓊瑤」、「瓊玖」（音「久」），都是泛指用美麗的玉石做成的佩
　　飾。琚，音「居」。

❸　匪：同「非」。

二

投我以木桃，　　　　　　你投贈我蜜桃，

報之以瓊瑤。　　　　　　我用佩玉回報。

匪報也，　　　　　　　　這不是回報呀，

永以為好也！　　　　　　是希望和你永相好呀！

三

投我以木李，　　　　　　你投贈我李子，

報之以瓊玖。　　　　　　我用玉佩回報。

匪報也，　　　　　　　　這不是回報呀，

永以為好也！　　　　　　是希望和你永相好呀！

【賞析】

  《詩經》的複疊有完全相同的，有部分相同的。後者又可細分為兩類：一類變換的詞語其語義呈橫向並列式；一類變換的詞語語義呈縱向遞進式。如〈周南‧桃夭〉每章的第二句（「其華」、「其實」、「其葉」）便屬遞進式，而每章第四句（「室家」、「家室」、「家人」）則屬並列式。本詩的「木瓜」、「木桃」、「木李」和「瓊琚」、「瓊瑤」、「瓊玖」，都是並列式。這種結構通過某些固定句型中個別字眼的變換，造成迴環往復、一唱三歎的效果，在民歌中比較常見。

王風

黍離

【題解】

公元前 770 年，幽王被殺，西周滅亡後，周太子宜臼避犬戎之禍，在晉、鄭等諸侯全力支持下，遷居東都洛邑，是為平王，史稱東周。王風，便是東周王城所轄約六百里之地（相當今天河南省洛陽市周圍一帶）的歌謠。《詩經》有〈王風〉十篇。

這首詩舊說認為是西周滅亡後，東周大夫因公幹路過舊都鎬京（今陝西省西安市西，洛水村、斗門鎮一帶），見「宗廟宮室盡為禾黍」，一片殘破荒涼，於是滿懷悲痛而作。但就詩論詩，我們很難落實它的內容一定與傷悼故國有關，倒不如籠統地說，這是一曲懷着沉憂巨痛的流浪者的哀歌，恐怕更恰當些。

【譯注】

一

彼黍 ❶ 離離 ❷，　　　　　那黍子密密成行，
彼稷 ❸ 之苗。　　　　　　那穀子長出了苗。
行 ❹ 邁靡靡 ❺，　　　　　慢騰騰一路走着，
中心搖搖。　　　　　　　心裏晃晃悠悠。
知我者謂我心憂，　　　　了解我的知我心煩憂，
不知我者謂我何求。　　　不理解的說我有所求。
悠悠蒼天，　　　　　　　茫茫蒼天，
此何人哉！　　　　　　　這是甚麼人幹的事啊！

❶ 黍：一年生草本植物，碾成米叫黃米。
❷ 離離：成行成列的樣子。
❸ 稷：音「即」，穀子，碾成米叫小米。
❹ 行：音「恆」，走。
❺ 靡靡：音「美美」，緩慢的樣子。

二

彼黍離離，　　　　　　　那黍子密密成行，
彼稷之穗。　　　　　　　那穀子揚花吐穗。
行邁靡靡，　　　　　　　慢騰騰一路走着，
中心如醉 ❶。　　　　　　心裏迷迷惘惘。

知我者謂我心憂，	了解我的知我心煩憂，
不知我者謂我何求。	不理解的説我有所求。
悠悠蒼天，	茫茫蒼天，
此何人哉！	這是甚麼人幹的事啊！

❶　如醉：像喝醉酒那樣恍惚迷惘。

三

彼黍離離，	那黍子密密成行，
彼稷之實。	那穀子結了籽粒。
行邁靡靡，	慢騰騰一路走着，
中心如噎❶。	心中憋悶難受。
知我者謂我心憂，	了解我的知我心煩憂，
不知我者謂我何求。	不理解的説我有所求。
悠悠蒼天，	茫茫蒼天，
此何人哉！	這是甚麼人幹的事啊！

❶　噎：音「咽」，咽喉閉塞。言透不過氣。

【賞析】

全詩三章，只換了六個詞：以黍稷長「苗」，到抽「穗」，結「實」，暗示時光的流轉；用心中「搖搖」、「如醉」、「如噎」，表示憂憤的加深。

最後投訴蒼天兩句反覆出現，匯成最強音，有力地叩擊讀者的心弦，成為千古傳誦的悲慟絕唱。

　　作者越是不指明到底所為何事、何因，詩中的感受就顯得越帶普遍性，令不同階層、境遇的讀者都可以各有會心而產生共鳴。這正是詩貴「朦朧」的妙用所在。

王風

君子陽陽

【題解】

這首詩描寫男女舞師相招共舞，其樂洋洋的情景。

【譯注】

一

君子陽陽 ❶，	那位男士樂洋洋，
左執簧 ❷，	左手拿笙簧，

右招我由 ❸ 房 ❹。　　　　　　右手招我隨着房中樂跳舞。

其 樂 只 且 ❺！　　　　　　真令人心花怒放啊！

❶ 陽陽：通「揚揚」、「洋洋」，浸沉於歡樂的樣子。

❷ 簧：樂器名。馬瑞辰《毛詩傳箋通釋》：「簧亦樂器之一。……為笙之大者。」

❸ 由：從，跟隨。《阜陽漢簡詩經》作「繇」，《說文解字》：「繇，隨從也。」

❹ 房：國君有「房中之樂」(《毛傳》)。

❺ 只且：語氣詞疊用，表感歎。且，音「追」。

二

君子陶陶 ❶，　　　　　　那位男士樂陶陶，

左執翿 ❷，　　　　　　左手拿羽旗，

右招我由敖 ❸。　　　　　右手招我隨着鷔夏樂跳舞。

其 樂 只 且！　　　　　　真令人心花怒放啊！

❶ 陶陶：意同「陽陽」。

❷ 翿：音「濤」，舞師手拿的羽旗。「文舞」道具之一。

❸ 敖：音「遨」，借為「鷔」，樂曲名，指「鷔夏」樂，為古曲「九夏」之一（馬瑞辰說）。

【賞析】

這首詩描寫的是用「羽、籥」作道具的文舞。由兩段組成，內容單純，所以利用句子形式的變化（分別有四言、三言、五言句）去破除單調之感。讀起來抑揚頓挫，和詩中洋溢的歡樂氣氛十分合拍。

王風

采葛

【題解】

　　這是山野間正從事採集勞動的青年男女互相唱和贈答的歌。「一日不見，如隔三秋」的諺語便由此而來。

【譯注】

一

彼采葛 ❶兮，　　　　　　　那採葛的人兒哎，

一日不見，　　　　　　　　一天不見你的面，

如 三 月 兮 !　　　　　　　就如三個月那麼長啊!

❶　葛：一種蔓生植物，塊根可食，莖可製纖維。

二

彼 采 蕭 ❶ 兮 ，　　　　　那採蕭的人兒哎，
一 日 不 見 ，　　　　　　一天不見你的面，
如 三 秋 ❷ 兮 !　　　　　就如隔了整三秋啊!

❶　蕭：即蒿，有香氣的草本植物，可用來祭祀。
❷　三秋：指三季九個月。

三

彼 采 艾 ❶ 兮 ，　　　　　那採艾的人兒哎，
一 日 不 見 ，　　　　　　一天不見你的面，
如 三 歲 兮 !　　　　　　就像隔了三年長啊!

❶　艾：多年生草本植物，嫩葉可吃，老葉可製艾絨灸疾。

【賞析】

　　這首詩質樸、清新、明快，說它是民間創作，大概不會有多少人反
對吧。

「五四」後，平民意識高漲，影響到文學創作和研究領域，所以〈國風〉為民歌說一直十分盛行。近有人「推陳出新」，要來個「大平反」，主張「《詩經》全部是『聖賢』亦即貴族們的作品」。這比司馬遷「《詩》三百篇，大底聖賢發憤之所為作也」（〈報任安書〉）的論斷要走得更遠。（司馬遷用「大底」一詞，可見不是指「全部」，而且還表明是他個人的推測。）

　　其實，《詩經》作品年代久遠，最晚出現的距漢初也有三百多年，早的更達八九百年，中間還經過搜集、編訂者的種種整理、加工，後又遭秦火的浩劫，因此，除確有證據的少數幾篇外（例如〈鄘風・載馳〉、〈小雅・巷伯〉等等），詩作者均已無法查考，作者的身份也只能憑作品內容去揣測，無論漢代哪一家的「詩說」，皆難以作準，後世的更不必說。所以，如僅憑詩中帶貴族色彩的個別字眼（例如「君子」之類）便武斷地加以論定，是十分輕率的，實為智者所不取。何況，有些篇章更連那一類字眼都沒有，如這篇〈采葛〉，又怎好說是「聖賢發憤之所為作」呢？

　　可見，凡事都忌走極端，忌「想當然」，研究學問尤其如此。只有盡量採取冷靜、審慎、客觀的態度，才可能得出較為公允的、容易令人信服的結論。

鄭風

將仲子

【題解】

鄭，國名，原在今陝西西安，是周宣王封其弟友的采地。東周時遷至今河南省新鄭市，領有今河南省中部一帶。戰國時為韓國所滅。《詩經》有〈鄭風〉二十一篇，多為當地流行的各種愛情小調，所謂「鄭衛之音」。這是其中著名的一首。

作者是位熱情、真率，又頗有自制力的姑娘，她勸她的情郎不要攀牆過戶前來相會，以免惹起麻煩。雖然有人會責備她膽小，但在具有自己理想道德人格與文化價值觀的東方社會中，這位姑娘的言行，比起那些「想做就去做」、只圖一時快意而不顧後果和別人感受、表現極端自我的「新潮一族」，確要高尚、可愛得多，也容易接受得多。

【譯注】

一

將❶仲子❷兮，　　　　　求求你好二哥呀，
無踰❸我里❹，　　　　　不要攀牆進我里，
無折我樹杞❺。　　　　　不要弄折我的杞樹。
豈敢愛之？　　　　　　　哪裏會吝惜它？
畏我父母。　　　　　　　是怕我父母親呀。
仲可懷也，　　　　　　　二哥你令人牽掛呀，
父母之言，　　　　　　　但父母親的責難，
亦可畏也！　　　　　　　也很可怕呀！

❶　將：音「槍」，請。表祈求，希望。
❷　仲子：排行第二，古稱「仲」。一說仲子是該男子的字。
❸　踰：音「余」，從牆上爬過去。
❹　里：古代二十五家為里，里有里牆。一說，「里」指居室（俞樾說）。
❺　樹杞：杞樹，楊柳科落葉灌木。上古有此構詞法。如下文「樹桑」、「樹檀」也是
　　指桑樹、檀樹。

二

將仲子兮，　　　　　　　求求你好二哥呀，
無踰我牆，　　　　　　　不要攀牆進我家，
無折我樹桑。　　　　　　不要弄折我的桑樹。
豈敢愛之？　　　　　　　哪裏會吝惜它？

畏我諸兄。　　　　　　是怕我眾兄長。

仲可懷也，　　　　　　二哥你令人牽掛呀，

諸兄之言，　　　　　　但兄長們的責難，

亦可畏也！　　　　　　也很可怕呀！

三

將仲子兮，　　　　　　求求你好二哥呀，

無踰我園，　　　　　　不要攀牆進我園，

無折我樹檀。　　　　　不要弄折我的檀樹。

豈敢愛之？　　　　　　哪裏會吝惜它？

畏人之多言。　　　　　是怕人們説閒話。

仲可懷也，　　　　　　二哥你令人牽掛呀，

人之多言，　　　　　　但人們的風言風語，

亦可畏也！　　　　　　也很可怕呀！

【賞析】

　　這首詩恰到好處地在忘形之戀與社會責任感之間取得合理的平衡。這並不意味着缺乏激情，也不存在向甚麼壓力屈服的問題：她仍深愛着仲子，只是要求他理智一點、自律一點，不宜過分衝動而惹起不必要的麻煩，好讓愛情之舟盡量減少顛簸，能安然過渡而已。這又有何不妥呢？

鄭風

蘀兮

【題解】

　　這首詩以風吹葉落起興，邀請對方和自己一起唱歌共樂。情調輕快。

【譯注】

一

蘀 ❶ 兮蘀兮，　　　　　　落葉啊，落葉啊，
風其吹女 ❷ 。　　　　　　風兒把你吹起。

叔兮伯兮 ❸，　　　　　　　　好弟弟呀好哥哥，

倡 ❹予和女 。　　　　　　　唱吧，我來應和你。

❶　蘀：音「托」，落葉。

❷　女：同「汝」。

❸　叔、伯：「伯、仲、叔、季」是古代排行的稱呼。這裏猶言弟、兄，是女子對男子
　　的暱稱。

❹　倡：領頭唱。

二

蘀兮蘀兮，　　　　　　　　落葉啊，落葉啊，

風其漂 ❶女 。　　　　　　　風兒把你飄起。

叔兮伯兮，　　　　　　　　好弟弟呀好哥哥，

倡予要 ❷女 。　　　　　　　唱吧，我和你應和。

❶　漂：通「飄」。

❷　要：音「腰」，成。這裏也是會合、應和之意。

【賞析】

　　這是男女對答的情歌，仍保存着民間「對歌」的原始風貌。風吹葉
落，既是「先言他物，以引起所詠之辭」的「興」，同時也是「以此物比
他物」的「比」的手法。因風、葉間存在着相依和共鳴的關係，與人們的
此唱彼和有點類似，所以可作比方。在後世，「倡予和女」已成了互相應
和、酬答的同義語。

鄭風

狡童

【題解】

　　一位女郎被小情人冷落，她很想不開，竟至「不能餐」、「不能息」，飲食俱廢。

【譯注】

一

| 彼狡 ❶ 童兮， | 那漂亮的小子啊， |
| 不與我言兮。 | 不肯和我說話啊。 |

維 ❷ 子 ❸ 之 故，　　　　　　因為你的緣故，

使我不能餐兮！　　　　　　使我飯也吃不下啊！

❶　狡：借為「姣」（音「搞」），形容相貌美（胡承珙《毛詩後箋》）。

❷　維：助詞，這裏表強調語氣。

❸　子：猶「你」或「您」。作者在意念中忽覺對方「近在眼前」，所以改用第二人稱
　　代詞。

二

彼狡童兮，　　　　　　　　那漂亮的小子啊，

不與我食兮。　　　　　　　不肯和我共餐啊。

維子之故，　　　　　　　　因為你的緣故，

使我不能息 ❶ 兮！　　　　使我覺也睡不安啊！

❶　息：寢息。

【賞析】

　　這是寫失戀滋味的情詩。在古代社會中，由於臣下要效忠於君主一
人，所以君臣關係頗有點類似苦戀的情侶關係，政壇失意猶如情場失戀，
因而詩人有時也會借此寓意 —— 如屈原〈離騷〉便作出了成功的範例。
像「惟草木之零落兮，恐美人之遲暮」；「初既與余成言兮，後悔遁而有
他，余既不難夫離別兮，傷靈修之數化」；「怨靈修之浩蕩兮，終不察夫民
心，眾女嫉余之蛾眉兮，謠諑謂余以善淫」，等等，便都是借男女情愛表

現君臣遇合及朝政得失之類的政事。而據《左傳》、《國語》等典籍記載，將《詩經》中的情詩（自然不限於情詩）斷章取義，隨心所欲地作政治化的解釋，也是當時的社會風氣（所謂「賦詩斷章，余取所求」，見《左傳‧襄公二十八年》）。

以上兩種因素結合起來，便影響到後來之漢儒說《詩》，也總喜歡「政治化」，把〈國風〉的許多戀歌（或失戀歌），牽合到春秋時波譎雲詭的宮廷鬥爭中去，作出令現代讀者感到異常困惑而難以接受的詮釋。比方這首〈狡童〉，《詩序》的說明是：「刺忽（按，忽，即鄭昭公）也。不能與賢人圖事，權臣擅命也。」由於權臣祭仲專擅，使昭公「不與我言」、「不與我食」，也就是不能與賢人圖事，所以詩人要加以譏刺。看，鄭昭公竟成了情場殺手「狡童」，你說滑稽不滑稽？

令人訝異的是，連清代一些頗有見地的《詩經》學者也「未能免俗」，擺脫這種習氣的牢籠。於是，或認為此詩「有深於憂時之意，大抵在鄭之亂朝，其所指斥人何事，不可知矣」（姚際恆《詩經通論》）；或認為「憂君為群小所弄」（方玉潤《詩經原始》），云云。與《詩序》所見實際大同小異。由此可知，在中國的文藝批評中，政治化說教這一根深柢固的傳統，其影響力實在未可小覷。

類似的解說在《詩序》中可謂比比皆是。本篇只是作為例子，意圖起舉一反三的作用，讓大家明白，必須把「美人香草」、真正有寄託之作與單純的情詩（民間作品特多）區別開來，才能對作品給以正確、合理的詮釋，而為廣大讀者所認同接受。

鄭風

風雨

【題解】

在風雨交加、心情鬱悶的時刻，忽見自己心儀的「君子」翩然蒞臨，詩人自然感到無限欣悅。

【譯注】

一

風雨淒淒，　　　　　　　風淒淒，雨淒淒，
雞鳴喈喈 ❶。　　　　　　雞兒喔喔啼。

既見君子，　　　　　　　見到了這位君子，

云 ❷ 胡不夷 ❸！　　　　怎會不歡喜！

❶ 喈喈：音「皆皆」，雞鳴聲。下章「膠膠」同。

❷ 云：語首助詞，無義，起補足音節作用。

❸ 夷：喜悅（《毛傳》）。

二

風雨瀟瀟，　　　　　　　風瀟瀟，雨瀟瀟，

雞鳴膠膠。　　　　　　　雞兒喔喔叫。

既見君子，　　　　　　　見到了這位君子，

云胡不瘳 ❶！　　　　　　怎會不高興！

❶ 瘳：音「抽」，借作「憀」，樂也（俞樾說）。

三

風雨如晦，　　　　　　　風雨交加天晦暗，

雞鳴不已。　　　　　　　雞兒不住啼。

既見君子，　　　　　　　見到了這位君子，

云胡不喜！　　　　　　　怎會不開心！

【賞析】

詩中的「君子」到底是甚麼人，並無確指。據詩意亦難以斷定：是知交？是情人？是丈夫？是作者心儀的偶像？還是能予他幫助的人？……所以我們讀詩時也不妨「朦朧」一點。

據《詩序》說，這是思慕君子的詩，「亂世則思君子，不改其度焉」。只有君子能夠處變不驚，在亂世中依然我行我素，葆其節操，不改其常度。這是傳統的解釋。朱熹則認為這是寫男女之情的「淫詩」（《詩集傳》）。方玉潤又主張是「懷友」之作（《詩經原始》）。看他們各執一詞，倒真正應着了「詩無達詁」那句老話。

就實際境界而言，每章開頭兩句渲染出一派緊張、窒悶、躁動不安的近乎悲壯的氣氛，因而在近世，「風雨雞鳴」便成了形勢嚴峻、群思奮起之類局面最好的形容語。

鄭風

出其東門

【題解】

　　儘管眼前美女如雲，但詩人不為所動，始終只鍾情於自己屬意的那位衣着簡樸的女郎。

【譯注】

一

出其東門❶，　　　　　　走出那城東門，
有女如雲。　　　　　　　少女多得像彩雲。

雖則如雲，	雖然多得像彩雲，
匪 ❷ 我思存 ❸。	但全都繫不住我的心。
縞 ❹ 衣綦 ❺ 巾 ❻，	只有白衣青巾的女孩子，
聊樂我員 ❼。	才是唯一可使我快樂的人。

❶ 東門：指鄭國都城新鄭（今河南省新鄭市）的東城門。由於西南面靠河，所以人們多往東面出遊。

❷ 匪：同「非」。

❸ 思存：思念。

❹ 縞：音「稿」，白絹。

❺ 綦：音「其」，綠色。

❻ 巾：佩巾。

❼ 員：音「雲」，用同「云」，語氣助詞。

二

出其闉 ❶ 闍 ❷，	走出那甕城門，
有女如荼 ❸。	少女多得像茅花。
雖則如荼，	雖然多得像茅花，
匪我思且 ❹。	但全都引不動我的心。
縞衣茹藘 ❺，	只有白衣紅巾的女孩子，
聊可與娛。	才是唯一可與同樂的人。

❶ 闉：音「因」，圍護城門的小城，稱為子城或甕城。

❷ 闍：音「都」，甕城城門。

❸ 荼：音「途」，茅草開的白花。所謂「如火如荼」，便是取其旺盛之意。

❹ 且：借為「著」。思著，即思念。

❺ 茹藘：音「如雷」，即茜（音「倩」）草，汁液可作紅色染料。這裏指代用它染成的佩巾。

【賞析】

這首詩運用了鮮明對比的手法：以「如雲」、「如荼」比喻郊遊女子的多而美艷，以「縞衣綦巾」、「縞衣茹藘」形容意中人的樸素清新。自己偏偏捨彼而取此，這樣一來，也就突顯出詩人對其心中所愛是何等的忠誠、專一。

齊風

還

【題解】

　　齊，國名，周武王把太公望（姜太公）封在這裏，位於今山東省臨淄周圍廣大地區。《詩經》有〈齊風〉十一篇。

　　還（音「漩」）借為「旋」，有疾速、便捷之意，是對獵人勇武矯健身手的讚辭。這首詩便是為此而作。反映了當地尚武喜遊獵的風習。

【譯注】

一

子之還兮，　　　　　　你勇武矯捷啊，

遭我乎猺❶之間兮。　　和我相遇在猺山間啊。

並驅從❷兩肩❸兮，　　並馬齊追兩隻大野豬啊，

揖❹我謂我儇❺兮。　　你敬禮誇我身手不凡啊。

❶ 猺：音「撓」，齊國山名，在今山東省臨淄南面。

❷ 從：追逐。

❸ 肩：借為「豜」（音「肩」），三歲的豬。

❹ 揖：音「泣」，拱手行禮。

❺ 儇：音「圈」，習於田獵，輕快利落的樣子。

二

子之茂❶兮，　　　　　你威武精壯啊，

遭我乎猺之道兮。　　和我相遇在猺山道啊。

並驅從兩牡❷兮，　　並馬齊追兩隻大雄獸啊，

揖我謂我好兮。　　　你敬禮誇我本領高強啊。

❶ 茂：壯美的樣子。

❷ 牡：音「昂」，雄性動物。

三

子之昌 ❶ 兮，　　　　　　你英武剽悍啊，

遭我乎猇之陽 ❷ 兮。　　　和我相遇在猇山南啊。

並驅從兩狼兮，　　　　　　並馬齊追兩隻大灰狼啊，

揖我謂我臧 ❸ 兮。　　　　　你敬禮誇我武藝高強啊。

❶　昌：壯盛的樣子。

❷　陽：山的南坡。

❸　臧：音「髒」，善，好。

【賞析】

　　「山東大漢」是以魁偉壯健、性格豪爽聞名的，原來自古以來便是如此。這首詩便描寫了兩位狩獵者偶遇於山間，一見如故，並驅馳逐，共同行獵，而且互相欣賞、稱讚的情景。一股後世《水滸傳》所描寫的梁山好漢的英氣，似撲面而來。杜甫〈壯遊〉詩，回憶自己青年時在山東、河北的經歷：「放蕩齊趙間，裘馬頗清狂。春歌叢台上，冬獵青丘旁。呼鷹皂櫪林，逐獸雲雪岡。射飛曾縱鞚，引臂落鶖鶬。蘇侯（按，指其友人蘇源明）據鞍喜，忽如攜葛強（按，晉代名將）。……」也頗有類似的風采。

　　這首詩每章首句的「還」（《韓詩》作「嫙」，好貌）、「茂」、「昌」，其實都有高大威猛之意；末句的「儇」（《韓詩》作「嬛」，好貌）、「好」、「臧」，也同是形容善於騎射、本領不凡的樣子，所以，它們分別都是同義、近義詞。《詩經》尤其是〈國風〉中的作品，不少都利用類似手法，構成一種「變化的複疊」，以變換個別字眼，反覆詠唱的形式去渲染氣氛，

達致深化作品內涵，增強藝術感染力的效果。本詩是用得較成功的例子之一。

　　而同義（包括近義）詞的豐富發達，正是一種語言表現力強的重要標誌。在世界多種語言中，漢語這方面的優點是相當顯著的。

齊風

東方未明

【題解】

這是怨刺「為政無節」的詩。在上的統治者隨心所欲地胡亂發號施令，受害的當然是在下的「草根階層」——像牛馬般被驅趕、被役使的民眾。這首詩，便反映了他們憤懣不平的心聲。

【譯注】

一

東方未明，　　　　　　東方天未亮，

顛倒衣裳 ❶。　　　　　　　顛三倒四穿衣裳。

顛之倒之，　　　　　　　　顛顛倒倒顧不上，

自公 ❷ 召之。　　　　　　　朝廷有令急召喚。

> ❶　衣裳：古時上為衣，下為裳。
>
> ❷　公：指諸侯的朝廷。

二

東方未晞 ❶，　　　　　　　東方天未光，

顛倒裳衣。　　　　　　　　　顛三倒四穿衣服。

倒之顛之，　　　　　　　　　倒倒顛顛顧不上，

自公令之。　　　　　　　　　朝廷有令急宣喚。

> ❶　晞：音「希」，借為「昕」（音「欣」），明也（馬瑞辰《毛詩傳箋通釋》）。

三

折柳樊 ❶ 圃 ❷，　　　　　　折下柳條圍菜園，

狂夫瞿瞿 ❸。　　　　　　　　兇狠的監工瞪眼瞧。

不能辰 ❹ 夜，　　　　　　　　早晚從來沒個準，

不夙 ❺ 則莫 ❻。　　　　　　　不是起早便是摸黑。

> ❶　樊：編蘺笆。
>
> ❷　圃：菜園子。
>
> ❸　瞿瞿：音「據據」，鷹隼之視（許慎《說文解字》）。「狂夫瞿瞿」之「狂夫」，即

戰國陶文之「圣（墾）監」，監工者（于省吾《甲骨文字釋林》）。

❹ 辰：通「晨」。

❺ 夙：音「宿」，早。

❻ 莫：同「暮」。以上兩句指開工、收工都從不守時。

【賞析】

　　此詩前兩章的句法、內容完全一樣，所以除了要依靠「明」和「晞」、「召」和「令」的用詞變換外，還靠「衣裳」和「裳衣」、「顛之倒之」和「倒之顛之」的詞序變換，造成同中見異的效果，增加音節聲調之美。而詩中所着重表達、渲染的那種緊迫感、忙亂感，亦更形強烈。

魏風

陟岵

【題解】

　　魏為古國名，姬姓，故都在今山西省芮城縣東北，公元前 661 年為晉國所滅（後來戰國時的魏國與此不同）。《詩經》有〈魏風〉七篇。

　　這首詩描寫行役者如何一再登山眺望邈不可見的父母兄長，想像他們的諄諄囑咐，從中寄寓着對親人的深切繫念和自傷前途的心情。

【譯注】

一

陟彼岵❶兮，　　　　　　　登上那草木葱蘢的山岡，
瞻望父兮。　　　　　　　　遙望我的父親。
父曰嗟！　　　　　　　　　父親說：唉呀！
予子行役，　　　　　　　　我兒出外服役，
夙夜無已。　　　　　　　　早晚無休無止。
上❷慎旃❸哉！　　　　　　可得小心在意呀，
猶❹來無止。　　　　　　　千萬歸來，不要長留異地！

❶　岵：音「戶」，有草木的山。
❷　上：同「尚」，表示囑望之辭。
❸　旃：音「煎」，助詞，義同「之」。
❹　猶：可，也是表囑望之辭。

二

陟彼屺❶兮，　　　　　　　登上那寸草不生的山岡，
瞻望母兮。　　　　　　　　遙望我的母親。
母曰嗟！　　　　　　　　　母親說：唉呀！
予季❷行役，　　　　　　　小兒出外服役，
夙夜無寐。　　　　　　　　早晚無休無歇。
上慎旃哉！　　　　　　　　可得小心在意呀，

猶來無棄。　　　　　　　　千萬歸來，別把我們擺下！

❶ 屺：音「起」，無草木的山。

❷ 季：小兒子。

三

陟彼岡兮，　　　　　　　　登上那高高的山岡，

瞻望兄兮。　　　　　　　　遙望我的兄長。

兄曰嗟！　　　　　　　　　哥哥說：唉呀！

予弟行役，　　　　　　　　我弟弟出外服役，

夙夜必偕 ❶。　　　　　　早晚都奔波勞碌。

上慎旃哉！　　　　　　　　可得小心在意呀，

猶來無死！　　　　　　　　千萬歸來，不要葬身異鄉！

❶ 偕：兼，連同一起之意。

【賞析】

　　這首詩從對面着筆，想像親人如何一再囑咐、關心、眷念着自己，這比直接傾訴自己怎樣苦苦懷念親人來得更婉曲深摯。王維〈九月九日憶山東兄弟〉詩：「獨在異鄉為異客，每逢佳節倍思親。遙知兄弟登高處，遍插茱萸少一人。」用的便是類似的表現手法而稍加變化。清人沈德潛說：「三段中但念父、母、兄之思己，而不言己之思父、母與兄，蓋一說出，情便淺也。情到濃時，每說不出。」（《說詩晬語》）似還未真正搔着癢處。

魏風

十畝之間

【題解】

　　採桑者在一天勞動之後，各自呼朋喚侶，輕鬆愉快地踏上歸途。

【譯注】

一

十畝之間兮，　　　　　　在十畝寬廣的桑田中啊，
桑者閒閒 ❶ 兮。　　　　　採桑人兒悠然自得啊。

行與子還兮 ❷。　　　　　　　　走吧，和你一起回去啊。

❶　閒閒：悠閒的樣子。這是描寫田間收工時的情景。
❷　「行與」句：讀為「行，與子還兮」。句法與「倡予和女」（〈鄭風・蘀兮〉）相同。
　　由語法意義上的兩個句子合為一個樂句。

二

十畝之外兮，　　　　　　　　在十畝寬廣的桑田外啊，
桑者泄泄 ❶兮 。　　　　　　　採桑人兒從容自在啊。
行與子逝兮 。　　　　　　　　走吧，和你一起歸去啊。

❶　泄泄：音「拽拽」，義同「閒閒」。

【賞析】

　　兩章意思一樣，只是變換同義詞以押韻，並造成複沓的效果，配合旋律的再現，就能加深聽者或讀者的印象。現代歌曲或樂曲，也常取這種結構方式。

魏風

伐檀

【題解】

　　這首詩對不勞而獲、無功受祿的公卿貴族提出尖銳的質疑，並拿他們和真正的「君子」對比，從而作出有力的嘲諷、譴責，是〈國風〉中的名篇。

【譯注】

一

坎坎 ❶ 伐檀 ❷ 兮，　　　　　　坎、坎、坎，砍檀樹啊，

寘 ❸ 之河之干 ❹ 兮。	砍下樹來放河岸。
河水清且漣 ❺ 猗 ❻。	河水清清泛波紋喲。
不稼 ❼ 不穡 ❽，	不種又不收，
胡取禾 ❾ 三百 ❿ 廛 ⓫ 兮？	為何拿去三百頃田的食糧？
不狩 ⓬ 不獵 ⓭，	四時不打獵，
胡瞻爾庭 ⓮ 有縣 ⓯ 貆 ⓰ 兮？	為何見你院裏掛豬貛？
彼君子 ⓱ 兮，	那些真正的君子啊，
不素餐 ⓲ 兮！	可不會白白吃閒飯哪！

❶ 坎坎：伐木聲。

❷ 檀：樹名，落葉喬木，木質堅實，可製器物。

❸ 寘：同「置」。

❹ 干：岸。

❺ 漣：音「連」，水波紋。這裏用作動詞。

❻ 猗：音「伊」，語氣助詞。

❼ 稼：耕種。

❽ 穡：音「色」，收穫。

❾ 禾：泛指糧食作物。

❿ 三百：極言其多，非實數。

⓫ 廛：音「纏」，指一百畝，即古代一個成年男子所耕的田。《周禮·地官·遂人》：「夫一廛，田百畝。」一說，「纏」、「總」、「稛」皆釋為「束」（《廣雅·釋詁》），故此詩三百廛即三百纏，三百億即三百總，三百囷即三百稛，其實皆三百束（俞樾說）。

⓬ 狩：音「獸」，冬獵。

⓭ 獵：晚上出獵（《鄭箋》）。

⓮ 庭：庭院。

⓯ 縣：同「懸」，掛。

⓰　狟：音「緩」，獸名，即豬貛（音「歡」）。

⓱　君子：此指貴族階層中品德高尚的人。

⓲　素餐：不勞而食，白吃飯。素，空，白。

　　最後兩句通過對比，指出不稼穡、不狩獵而擁有大量財富（糧食、獵物）的人，並非君子。以下兩章同。

二

坎坎伐輻 ❶兮，	坎、坎、坎，砍樹作車輻啊，
寘之河之側兮。	砍下樹來放河邊。
河水清且直猗。	河水清清一直流喲。
不稼不穡，	不種又不收，
胡取禾三百億 ❷兮？	為何拿去三百億綑的食糧？
不狩不獵，	四時不打獵，
胡瞻爾庭有縣特 ❸兮？	為何見你院裏掛巨獸？
彼君子兮，	那些真正的君子啊，
不素食兮！	可不會白白吃米飯哪！

❶　輻：音「福」，車輪中的輻條。

❷　三百億：極言其多。周代以十萬為億。

❸　特：三歲的野獸。此泛指大獸，如野豬之類。

三

坎坎伐輪兮，	坎、坎、坎，砍樹作車輪啊，

寘之河之漘 ❶ 兮。	砍下樹來放河灘。
河水清且淪 ❷ 猗。	河水清清打着漩喲。
不稼不穡，	不種又不收，
胡取禾三百囷 ❸ 兮？	為何拿去米糧三百倉？
不狩不獵，	四時不打獵，
胡瞻爾庭有縣鶉 ❹ 兮？	為何見你院裏掛鵪鶉？
彼君子兮，	那些真正的君子啊，
不素飧 ❺ 兮！	可不會白白吃大餐哪！

❶ 漘：音「唇」，水邊。

❷ 淪：圓圈狀的水波紋。

❸ 囷：音「昆」，圓形的穀倉，即囤（音「沌」）。

❹ 鶉：音「純」，鳥名，即鵪鶉，肉味鮮美。

❺ 飧：音「孫」，熟食。

【賞析】

從表面看，這首詩只是針對貴族領主之不勞而獲而發，猶《論語》中隱者荷蓧丈人斥責的那樣：「四體不勤，五穀不分，孰為夫子？」但正如方玉潤所說：「夫君子之不耕而食也久矣。孟子云：『其君用之，則安富尊榮；其子弟從之，則孝弟忠信。「不素餐兮」，孰大於是？』豈必伐檀、稼穡、狩獵而後食哉？」（《詩經原始》）所以，所謂「素餐」（白吃飯）的範圍還應進一步拓展，包括「在位貪鄙而無功受祿」（《詩序》）之意在內，也就是成語所說的「尸位素餐」。從這個角度去理解，本詩的攻擊鋒

芒，實際還指向朝廷中所有那些「貪婪充位」的公卿大夫。因而，作品的社會意義顯得相當重大。

就藝術技巧而言，此詩每章從「不稼不穡」以下，都是「借小人以形君子，亦借君子以罵小人」（姚際恆《詩經通論》），十分痛快淋漓。「小人」，便是指那些飽食終日、坐享其成、無功受祿的人。作者路過河邊，看見人們伐檀為車、辛勤勞作，便聯想起那些四體不勤、五穀不分，體力和智力都無任何付出，卻安享尊榮富貴的公卿士大夫，於是對他們加以辛辣嘲諷和猛烈抨擊。所以，從表現角度說，「坎坎伐檀」幾句是屬於「賦」而「興」的手法，而非單純的「賦」或「比」。

魏風

碩鼠

【題解】

　　碩鼠，即大田鼠。這首詩是不滿君主過分嚴酷的徵斂而作。詩人看來是有一定地位、財富的人，他把在上的統治者譏刺為貪饞的老鼠，實在相當大膽。

【譯注】

一

碩鼠碩鼠，　　　　　　　　　　大田鼠，大田鼠，

無食我黍！　　　　　　別再吃我的黍子！
三❶歲貫❷女❸，　　　　多年奉養你，
莫我肯顧。　　　　　　對我卻毫不顧念。
逝❹將去女，　　　　　誓要離開你，
適彼樂土❺。　　　　　到那安樂國土去。
樂土樂土，　　　　　　樂土呀樂土，
爰❻得我所！　　　　　那才是我安身之所！

❶ 三：非實數。
❷ 貫：音「灌」，侍奉。
❸ 女：同「汝」，你。
❹ 逝：借為「誓」。
❺ 土：上古「土」、「國」、「邦」、「方」同義（陳夢家《殷虛卜辭綜述》）。
❻ 爰：音「援」，乃。

二

碩鼠碩鼠，　　　　　　大田鼠，大田鼠，
無食我麥！　　　　　　別再吃我的小麥！
三歲貫女，　　　　　　多年奉養你，
莫我肯德❶。　　　　　對我卻毫不體恤。
逝將去女，　　　　　　誓要離開你，
適彼樂國❷。　　　　　到那安樂的地方去。
樂國樂國，　　　　　　樂國呀樂國，

爰得我直 ❸！　　　　　　　在那裏我方能找到公道！

❶　德：用作動詞，體恤、施恩之意。《左傳‧襄公七年》：「恤民為德。」

❷　國：通「域」，指地方、疆域。

❸　直：指正直、合理之道（《毛傳》）。一說，「直」借為「職」，義同「所」（王引之說）。

三

碩鼠碩鼠，	大田鼠，大田鼠，
無食我苗！	別再吃我的禾苗！
三歲貫女，	多年奉養你，
莫我肯勞 ❶。	對我卻毫不憐惜。
逝將去女，	誓要離開你，
適彼樂郊。	到那安樂的郊野去。
樂郊樂郊，	樂郊呀樂郊，
誰之 ❷ 永號？	還有誰會長歎哀號？

❶　勞：慰問，犒勞。

❷　之：助詞，有補足音節和強化語氣作用。

【賞析】

　　這首詩舊說多認為是針對「履畝稅」而作。如漢代桓寬《鹽鐵論》云：「周之末塗，德惠塞而嗜欲眾，君奢侈而上求多，民困於下，怠於公事，

是以有履畝之稅，〈碩鼠〉之詩作也。」王符《潛夫論・班祿》云：「履畝稅而〈碩鼠〉作。」按，「履畝稅」是魯宣公十五年（公元前594年）開始實行的一種新制度，即通過丈量田畝而徵稅，以代替過去的「什一」稅制。私家的田地不能再隱瞞，地主擁有私田越多，徵稅便越重，因而感到不勝負荷。他們於是痛罵君主的「不仁」，嚷着說要移民他方。

但也有不同的記載。如《呂氏春秋・舉難》說：「甯戚欲干齊桓公，窮困無以自進，⋯⋯飯牛居車下，望桓公而悲，擊牛角疾歌。」高誘注：「歌〈碩鼠〉也。」《後漢書・馬援傳》注引《說苑》：「甯戚飯牛於康衢，擊車輻而歌〈碩鼠〉。」齊桓公是春秋初期人（公元前685至前643年在位），據此，則〈碩鼠〉至少也是春秋初年的作品，與履畝稅無關。

所以，還是《詩序》籠統含糊一點的說法比較可取：「〈碩鼠〉，刺重斂也。國人刺其君重斂，蠶食於民，不修其政，貪而畏人（令人畏懼）若大鼠也。」

唐風

綢繆

【 題解 】

　　唐，國名，是周成王弟弟叔虞的封地，在今山西省翼城縣一帶。至叔虞子燮父，徙居晉水旁，改國號為晉，所以唐風就是晉風。《詩經》有〈唐風〉十二篇。

　　這首是賀人新婚的詩，估計由來賓演唱。

【譯注】

一

綢繆 ❶ 束薪， 一束木柴捆得緊緊，

三星 ❷ 在天。 參星在天際照耀。

今夕何夕？ 今晚是甚麼好時辰？

見此良人 ❸。 見到了這個好人兒。

子 ❹ 兮子兮， 你呀你呀，

如此良人何 ❺！ 可把這好人兒怎麼辦哪！

❶ 綢繆：音「稠謀」，義同「纏綿」，是緊緊捆束、纏繞之意。

❷ 三星：即參（音「森」）星。二十八宿之一，由七顆星組成，其中三顆特別明亮。

❸ 良人：好人、美人，此指新娘。

❹ 子：指新郎。

❺ 如……何：古漢語一種固定結構，意為「拿……怎麼樣」、「對……怎麼辦」。本句是戲謔之辭。

二

綢繆束芻 ❶， 一把乾草捆得緊緊，

三星在隅 ❷。 參星在屋角照耀。

今夕何夕？ 今晚是甚麼好時辰？

見此邂逅 ❸。 見到了這個可人兒。

子兮子兮， 你呀你呀，

如此邂逅何！　　　　　　可把這可人兒怎麼辦哪！

❶ 芻：音「初」，草。

❷ 隅：音「如」，角落。

❸ 邂逅：音「械候」，遇合。這裏用作名詞，指相遇而令人欣喜的人。

三

綢繆束楚 **❶**，　　　　　一束荊柴捆得緊緊，

三星在戶 **❷**。　　　　　參星正當門照耀。

今夕何夕？　　　　　　今晚是甚麼好時辰？

見此粲者 **❸**。　　　　　見到了這個美人兒。

子兮子兮，　　　　　　你呀你呀，

如此粲者何！　　　　　可把這美人兒怎麼辦哪！

❶ 楚：即牡荊，又名黃荊、小荊，灌木名。

❷ 戶：門。

❸ 粲者：美麗的人。粲，精米，引申為鮮潔、漂亮之意。

【賞析】

　　這似是「鬧新房」時唱的詩歌，三章分別用「三星在天」、「在隅」、「在戶」暗示時間從黃昏（參星始見）到深夜的轉移，末兩句以諧謔的語氣揶揄、捉弄新郎，更掀起歡樂情緒，造成喜慶的高潮。

　　《詩經》凡提到婚姻或夫婦的地方，多出現柴薪的描寫。例如〈周南‧

漢廣〉的「翹翹錯薪」,〈王風‧揚之水〉、〈鄭風‧揚之水〉的「不流束薪」、「束楚」、「束蒲」,〈齊風‧南山〉的「析薪如之何」,〈豳風‧東山〉的「烝在栗薪」等等,便都是如此。這可能是古代婚禮上一種有象徵意義的陳設,如以束薪比喻男女結合。也有人說這些是婚禮照明用的東西,如後世的「花燭」。

唐風

鴇羽

【題解】

　　鴇（音「保」）是一種鳥，涉禽類，又名野雁。其腳沒有後趾，故在樹上站不安穩。詩人用牠們的騷動不安，比喻苦於徭役的百姓生活之顛沛艱難。

【譯注】

一

肅 肅 ❶ 鴇羽，　　　　　　　　野雁兒翅膀沙沙響，

集 于 苞 ❷ 栩 ❸ 。	歇在櫟樹樹叢上。
王 事 靡 盬 ❹ ，	官家的差事沒個完，
不 能 蓺 ❺ 稷 黍 ❻ 。	哪有空兒種米糧。
父 母 何 怙 ❼ ？	父母生活靠甚麼？
悠 悠 蒼 天 ，	茫茫蒼天呀，
曷 ❽ 其 ❾ 有 所 ？	何時方有安居之所？

❶ 蕭蕭：象聲詞。

❷ 苞：音「包」，草木叢生。

❸ 栩：音「許」，櫟樹。

❹ 盬：音「古」，止息（王引之說）。

❺ 蓺：種植。

❻ 稷黍：泛指糧食作物。

❼ 怙：音「戶」，依靠。

❽ 曷：音「喝」，何。

❾ 其：助詞。

二

蕭 蕭 鴇 翼 ，	野雁兒雙翼沙沙響，
集 于 苞 棘 ❶ 。	歇在棘樹樹叢上。
王 事 靡 盬 ，	官家的差事沒個完，
不 能 蓺 黍 稷 。	哪有空兒種食糧。
父 母 何 食 ？	父母雙親吃甚麼？
悠 悠 蒼 天 ，	茫茫蒼天呀，

曷其有極 ❷ ?　　　　　　這樣的日子何時是了？

❶ 棘：酸棗樹。細小的也叫荊棘。

❷ 極：盡頭。

三

肅肅鴇行，　　　　　　　野雁兒沙沙排成行，

集于苞桑。　　　　　　　歇在桑樹樹叢上。

王事靡盬，　　　　　　　官家的差事沒個完，

不能蓺稻粱。　　　　　　哪有空兒種稻粱。

父母何嘗 ❶ ？　　　　　父母要吃吃甚麼？

悠悠蒼天，　　　　　　　茫茫蒼天呀，

曷其有常 ❷ ？　　　　　何時才有安生日子過？

❶ 嘗：同「嚐」，吃。

❷ 常：正常，指安居樂業的正常生活。

【賞析】

　　《詩序》說：「〈鴇羽〉，刺時也。（晉）昭公之後，大亂五世，君子下從征役，不得養其父母而作是詩也。」似乎傾訴苦難者是個「君子」——上層貴族的一員。但，這與「蓺黍稷」、「蓺稻粱」豈不矛盾？所以朱熹便把它改為：「民從征不得養其父母，故作此詩。」（《詩集傳》）把作者從「君子」改為平民，這才合乎詩中所述。

古人說：「人窮則反本，故勞苦倦極，未嘗不呼天也。」讀到這首詩每章的最後兩句，會深深感到，行役者確是到了忍無可忍的時候，才會發出這樣驚心動魄、撕心裂肺的呼號。而他一直以父母的生活為念，處處為他們着想，個人的征役之苦則略而不提，似乎置之度外，這種孝義之心也實屬難得。

唐風

葛生

【題解】

　　這首淒切的輓歌，哀惻沉痛，一字一淚，是婦人哭悼亡夫所作。

【譯注】

一

葛生蒙楚 ❶，	葛藤蒙蓋了荊樹，
蘞 ❷ 蔓于野。	蘞草在野地蔓延。
予美亡此。	我的至愛就葬在這兒。

| 誰　與　？ | 誰和他作伴？ |
| 獨　處　！ | 孤零零獨個兒待着！ |

❶　楚：牡荊，又名黃荊，落葉灌木。

❷　蘞：音「廉」，一種葡萄藤科的蔓生植物。以上兩句描繪墓地的荒涼景象。

二

葛　生　蒙　棘，	葛藤蒙蓋了棘樹，
蘞　蔓　于　域 ❶。	蘞草蔓延在墳塋。
予　美　亡　此 。	我的至愛就葬在這兒。
誰　與　？	誰和他作伴？
獨　息　！	孤零零獨個兒歇着！

❶　域：塋域，即墓地。

三

角　枕 ❶ 粲　兮，	角枕多燦爛啊，
錦　衾 ❷ 爛　兮。	錦被光閃閃啊。
予　美　亡　此 。	我的至愛就葬在這兒。
誰　與　？	誰和他作伴？
獨　旦 ❸！	孤零零獨個兒躺着！

❶　角枕：用獸角裝飾的枕頭。角枕和錦衾都是殯殮之物。

❷　衾：音「襟」，屍體入殮時蓋屍的東西。

四

夏之日,	悠悠的夏日長晝,
冬之夜 ❶。	沉沉的嚴冬寒夜。
百歲之後,	等我百年之後,
歸于其居 ❷!	到他的墳裏相聚!

❶ 「夏之日」二句:指今後將天天如炎夏的長晝,晚晚如隆冬的長夜,日子非常難熬。

❷ 居:指墓穴。

五

冬之夜,	沉沉的嚴冬寒夜,
夏之日。	悠悠的夏日長晝。
百歲之後,	等我百年之後,
歸于其室!	到他的墓裏同眠!

【賞析】

　　古今悼亡詩多矣,著名的也不少。如晉朝潘岳的〈悼亡詩〉(五古三首)之一:「荏苒冬春謝,寒暑忽流易。之子歸窮泉,重壤永幽隔。……

望廬思其人，入室想所歷。幃屏無彷彿，翰墨有餘跡。流芳未及歇，遺掛猶在壁。悵怳如或存，迴遑忡驚惕。如彼翰林鳥，雙棲一朝隻。如彼游川魚，比目中路析。春風緣隙來，晨霤承簷滴。寢息何時忘，沉憂日盈積。……」唐代元稹的〈遣悲懷〉（七律三首）之三：「閒坐悲君亦自悲，百年多是幾多時。鄧攸無子尋知命，潘岳悼亡猶費詞。同穴窅冥何所望，他生緣會更難期。唯將終夜長開眼，報答平生未展眉！」宋代王安石的〈一日歸行〉：「賤貧奔走食與衣，百日奔走一日歸。平生歡意苦不盡，正欲老大相因依。空房蕭瑟施總帷，青燈半夜哭聲稀。音容想像今何處？地下相逢果是非？」等等，都寫得情真意切，悽愴動人。不過，那些都是丈夫哭亡妻的，這首卻是妻子哭亡夫。而且就表現之自然簡潔和效果之具震撼力來看，還是以〈唐風・葛生〉最為出色。這可能和女性細膩的感受有關吧。

秦風

蒹葭

【題解】

　　秦，國名，在今陝西、甘肅一帶。《詩經》有〈秦風〉十篇。

　　本詩描寫對可望而不可即的心愛者的景慕與追求。雖然「所謂伊人，在水一方」，始終難以企及，但詩人表現得異常執着，絕不輕言放棄。

【譯注】

一

蒹葭 ❶蒼蒼 ❷，　　　　　　　蒹葭一片青蒼，

白露為霜。　　　　　　　白露凝結成霜。

所謂 ❸ 伊人 ❹，　　　　　我思念的那人，

在水一方。　　　　　　　就在江河彼岸。

遡洄 ❺ 從之，　　　　　　逆流而上去尋訪他，

道阻且長。　　　　　　　道路崎嶇又漫長。

遡游 ❻ 從之，　　　　　　順流而下去尋訪他，

宛在水中央。　　　　　　瞧他像在水中央。

❶　蒹葭：均多年生水草。蒹，音「兼」，荻葦。葭，音「加」，蘆葦。

❷　蒼蒼：茂密的樣子。

❸　所謂：常說起、提及的。

❹　伊人：那個人。

❺　遡洄：音「素回」，逆流而上。

❻　遡游：順流而下。

二

蒹葭淒淒 ❶，　　　　　　蒹葭一片蒼茫，

白露未晞 ❷。　　　　　　露珠還沒有乾。

所謂伊人，　　　　　　　我思念的那人，

在水之湄 ❸。　　　　　　就在江河岸旁。

遡洄從之，　　　　　　　逆流而上去尋訪他，

道阻且躋 ❹。　　　　　　道路崎嶇又險陡。

遡游從之，　　　　　　　順流而下去尋訪他，

宛在水中坻 ❺。　　　　　　　瞧他像在小島上。

❶　淒淒：借為「萋萋」，茂密的樣子。
❷　晞：音「希」，乾。
❸　湄：音「眉」，水草交接的河灘。
❹　躋：音「擠」，升高。
❺　坻：音「遲」，水中高地。

三

蒹葭采采 ❶，　　　　　　　蒹葭鬱鬱蒼蒼，
白露未已。　　　　　　　　露水還沒全乾。
所謂伊人，　　　　　　　　我思念的那人，
在水之涘 ❷。　　　　　　　就在江水之旁。
遡洄從之，　　　　　　　　逆流而上去尋訪他，
道阻且右 ❸。　　　　　　　道路崎嶇又曲折。
遡游從之，　　　　　　　　順流而下去尋訪他，
宛在水中沚 ❹。　　　　　　瞧他像在沙洲上。

❶　采采：意同「蒼蒼」。
❷　涘：音「字」，水邊。
❸　右：迂迴曲折。
❹　沚：音「止」，水中沙洲。

【賞析】

　　作者反覆強調：在秋日清晨的江邊，雖然伊人不遠（在水流的另一方），但自己不斷尋求，卻始終求之而不得，不過仍有希望。從而營造了一種清蒼幽渺、若即若離的氣氛，令全詩顯得神韻飄逸，風致嫣然。在質樸獷悍的〈秦風〉中，另成一種格調。

　　方玉潤《詩經原始》說：「三章只一意，特換韻耳。其實首章已成絕唱。古人作詩多一意化為三疊，所謂一唱三歎，佳者多有餘音。此則興盡首章，不可不知也。」一意化為三疊，大概是遷就歌曲旋律要反覆再現的關係。不過方氏認為此詩首章最佳，卻是實情。

　　這首詩對後人的創作很有影響。屈原〈九歌〉中的〈湘君〉和〈湘夫人〉兩首便隱約帶有〈蒹葭〉的影子。如：「君不行兮夷猶，蹇誰留兮中洲？美要眇兮宜修，沛吾乘兮桂舟。令沅湘兮無波，使江水兮安流。望夫君兮未來，吹參差兮誰思？」（〈湘君〉）「帝子降兮北渚，目眇眇兮愁予。裊裊兮秋風，洞庭波兮木葉下。……沅有芷兮澧有蘭，思公子兮未敢言。荒忽兮遠望，觀流水兮潺湲。」（〈湘夫人〉）而東漢張衡的〈四愁詩〉，造境煉意和它也有一脈相承之處：「我所思兮在泰山，欲往從之梁父艱。側身東望涕沾翰。美人贈我金錯刀，何以報之英瓊瑤（按，這兩句並揉合了〈衛風·木瓜〉的影響）。路遠莫致倚逍遙，何為懷憂心煩勞。」「我所思兮在桂林，欲往從之湘水深。側身南望涕沾襟。……」並由此演化為一種具有表達對理想的人、物、境界作不倦追求的優美（或淒美）的象徵意義的模式。

　　清代王士禎讚揚〈蒹葭〉「言盡意不盡」，對之十分欣賞，大概是從中感悟到「神韻」的魅力吧。

秦風

無衣

【 題解 】

　　這當是秦國軍人的集體創作（可能由一人草創，傳唱中大家改定；也可能是你一句我一句集體哼成的）。樂官配曲時，自然會對它有所修改增飾。詩中的「王」字（代表周王）便透露了其中竅妙。

　　秦在公元前 821 年由莊公立國，至前 221 年秦王嬴政統一六國，當上「始皇帝」，建立秦朝，歷時六百年之久。秦境在今陝西、甘肅一帶，地勢高寒，氣候乾燥，民風儉樸強悍，其君主素重武備，因一面要對抗西戎的侵擾，一面謀求向東方發展，所以舉國上下富於尚武精神。

　　這首軍歌，便突出反映了秦人同仇敵愾、英勇無畏的樂戰情緒。有着《馬賽曲》、《義勇軍進行曲》般的強勁節奏與勵志作用。

【譯注】

一

豈曰無衣？	怎麼説沒有軍裝？
與子 ❶同袍。	我與你共一件戰袍。
王 ❷于 ❸興師，	王家正興兵打仗，
修我戈矛 ❹，	修好我的戈和矛，
與子同仇！	我和你同一個仇敵！

❶ 子：對人的尊稱。多指男子。

❷ 王：指周王。當時周天子是各國諸侯的共主。

❸ 于：助詞。

❹ 戈矛：古代兩種長兵器。戈，其突出部位名「援」，與柄垂直，兩面有刃，用於橫擊、鈎殺；矛用於直刺。

二

豈曰無衣？	怎麼説沒有軍裝？
與子同澤 ❶。	我與你共一件汗衫。
王于興師，	王家正興兵打仗，
修我矛戟 ❷，	修好我的矛和戟，
與子偕 ❸作 ❹！	我和你一同奮起！

❶ 澤：汗衣。後來寫作「襗」。

❷ 戟：音「激」，古代長兵器，合戈、矛作用為一體，可以直刺和橫擊。

❸　偕：一同。

❹　作：起來。

三

豈曰無衣？	怎麼説沒有軍裝？
與子同裳❶。	我與你共一件裙裳。
王于興師，	王家正興兵打仗，
修我甲❷兵❸，	修好我的鎧甲刀槍，
與子偕行！	我和你同赴戰場！

❶　裳：下衣。

❷　甲：鎧甲。

❸　兵：兵器。

【賞析】

　　埋藏地下二千餘載，在陝西臨潼重見天日的秦兵馬俑，以其陣容的壯盛、氣勢的崢嶸和造型的生動、技藝的精美震驚中外，被譽為世界七大奇跡之外的「第八奇跡」。假如我們馳騁遐想，在腦海裏重構當年雄赳赳的秦軍軍陣，一邊「步操」前進，一邊齊唱這首軍歌的情景，那該是多麼動人心魄的一幕！

　　全篇以「豈曰無衣」的反問開端，然後用「與子同袍」、「同澤」、「同裳」回應，表現了精誠團結、一致對外的精神。後面再接以「同仇」、「偕作」、「偕行」的又一個「三同」（「偕」也是「同」），令情緒更趨熱熾，

精神進一步提升，而達致「共患難，同生死」的更高境界。全詩的主題，也就在以「反覆」、「層遞」手法構成的樂章中得到強化，給人留下深刻的印象。後世軍中曾並肩浴血的戰友互稱「同袍」、「袍澤」，便導源於這首詩。

不過，從另一方面看，秦國固然憑藉其強大的軍力削平六國，建立煊赫武功而稱雄一時，但單純尚武而不修文德，甚至發展到「焚書坑儒」那樣恣意摧殘文化、蹂躪人權的可憎地步，結果便終究難逃「二世而亡」的厄運，為歷史所恥笑 —— 這是我們讀這首詩時也不應忘記的。

秦風

權輿

【題解】

　　權輿，是初始的意思（《爾雅》、《毛傳》）。一位過去曾經居住豪宅、頓頓享用佳餚美饌的沒落貴族，眼看日子一天比一天難過，不禁追懷舊日的風光而大歎今非昔比。

【譯注】

一

於 ❶，我乎！　　　　　　唉，我啊！

夏 ❷屋渠渠 ❸。　　　　　住過華堂廣廈。

今也每食無餘。　　　　　今天哪，這頓吃完沒有下頓糧。

于嗟乎！　　　　　　　　唉呀呀！

不承 ❹權輿。　　　　　　和當初大不一樣。

❶　於：歎詞。

❷　夏：大。

❸　渠渠：深廣的樣子。

❹　承：繼續，接續。

二

於，我乎！　　　　　　　唉，我啊！

每食四簋 ❶。　　　　　　從前一餐四大簋。

今也每食不飽。　　　　　今天哪，每頓吃都吃不飽。

于嗟乎！　　　　　　　　唉呀呀！

不承權輿。　　　　　　　和當初大不一樣。

❶　簋：音「鬼」，古代盛餚饌、飯食的圓形器皿，以偶數組合使用。據記載，天子
　　用八簋，諸侯六簋，大夫四簋，士二簋。此詩言「每食四簋」，表明「我」原是
　　大夫身份。現在粵語還有「九大簋」的說法。

【賞析】

　　戰國時候，齊人馮煖（音「圈」）在孟嘗君處作客，起初不被禮遇，

他便彈劍作歌，大發牢騷說：「長鋏歸來乎，食無魚！」不久又唱道：「長鋏歸來乎，出無車！」結果都得到了滿足。後來更是立功發跡，享受榮華（《戰國策》）。〈權輿〉的作者恰和他相反，是從安富尊榮的高位滑向貧窮困苦的深淵，因而自歎今不如昔。兩者比照，正好相映成趣。

這首詩用詞口語化，語言富於個性色彩，刻劃的人物形象相當生動。

陳風

東門之枌

【題解】

　　陳,古國名,在今河南省開封市以東到安徽省亳州市一帶。後為楚國吞併。《詩經》有〈陳風〉十篇。

　　陳國巫風甚盛,舞風亦盛。這首詩描寫的便是良辰吉旦男女歡會跳舞的情景,可能與迎神祭祀有關。

【譯注】

一

東門之枌❶，	東門長着白榆，
宛丘❷之栩❸。	宛丘栽着櫟樹。
子仲❹之子，	子仲家的女兒，
婆娑❺其下。	在樹下翩翩起舞。

❶ 枌：音「墳」，白皮榆樹。

❷ 宛丘：四面高中央低的地方。這裏是專名，其地在陳國都城附近。

❸ 栩：音「許」，櫟樹。

❹ 子仲：姓氏。

❺ 婆娑：形容美妙的舞姿。娑，音「梳」。

二

穀❶旦于❷差❸，	趁良辰美景去選個伴，
南方之原。	就在城南的平原。
不績❹其麻，	不紡線，不績麻，
市也婆娑。	市集裏起舞翩躚。

❶ 穀：善，美好。

❷ 于：助詞。

❸ 差：音「猜」，選擇。一說，「差」讀為「徂」，音近古「通」，往也（于省吾《雙劍誃詩經證》）。

❹ 績：把麻搓成線或繩。

三

穀旦于逝，	趁良辰美景好前往，
越 ❶ 以鬷邁 ❷。	大伙兒歡聚同行。
視爾如荍 ❸，	我瞧你美如錦葵花，
貽 ❹ 我握椒 ❺。	你送我香椒一大把。

❶ 越：發語詞，無義。

❷ 以鬷邁：結伴前行。鬷，音「眾」，眾。邁，行。

❸ 荍：音「喬」，錦葵，夏季開紫或白色花，可供觀賞。

❹ 貽：音「移」，贈給。

❺ 椒：音「焦」，有數種，此指花椒，為落葉灌木，果實紅色，種籽黑色，可供藥用或調味。

【賞析】

　　古代巫師也就是舞師，他（她）們的職業就是「以舞降神」（《說文解字》），所以巫字的構造是個象形字，「象人兩袖舞形」。陳國是巫風甚盛的國家，而一般男女青年便趁着祭祀的日子，也隨着巫師一起婆娑起舞。但他們意不在迎神，而在求偶。這首詩把那「歌舞市井，會於道路」、「男女聚觀，舉國若狂」的嘉年華會式的節日風光生動地描繪出來，恰似一幅色彩斑斕的風俗畫。末章最後兩句還特別暗示了求偶的成功，令全詩作「大團圓」結局。

陳風

衡門

【題解】

　　衡門即橫門，是指用一根橫木支撐的門戶，表示家居簡陋的意思。這是一位安貧樂道者的自白。他認為簡樸、自然的生活是最適意的，不必去趕那些潮流，逐甚麼時髦，追求所謂「高質素」的享受。

【譯注】

一

衡門之下，　　　　　　　　在橫木為門的陋室裏，

可以棲遲 ❶。　　　　　　　可以從容遊息。

泌 ❷ 之洋洋 ❸，　　　　　滾滾長流的泌泉水，

可以樂 ❹ 飢 。　　　　　　可以療餓充飢。

❶ 棲遲：遊息，遊樂棲息。

❷ 泌：音「祕」，泉水名。

❸ 洋洋：水流的樣子。

❹ 樂：同「藥」，治療。《說文解字》云：「藥，治也。或作療。」

二

豈其食魚，　　　　　　　　難道要吃魚，

必河之魴 ❶？　　　　　　　非吃黃河的鯿魚不可？

豈其娶妻，　　　　　　　　難道要娶妻，

必齊之姜 ❷？　　　　　　　非娶齊國姜姓姑娘不行？

❶ 魴：音「房」，鯿魚。

❷ 姜：齊國國君的姓。姜姓是該國最上層貴族之一。

三

豈其食魚，　　　　　　　　難道要吃魚，

必河之鯉？　　　　　　　　非吃黃河的鯉魚不可？

豈其娶妻，　　　　　　　　難道要娶妻，

必宋之子 ❶？　　　　　　　非娶宋國子姓姑娘不行？

❶ 子：宋國國君的姓。「齊之姜」與「宋之子」，均代表名門望族之女。

【賞析】

安貧樂道不等於無所作為。返樸歸真的恬淡生活往往標誌着較高的精神境界。〈衡門〉作者的觀點閃爍着理智的光輝，和現代的環保意識可謂不謀而合。

全詩三章。第一章純從正面着筆；二、三章則採用複疊形式，以有力的反問加強正意，與首章呼應，取得相得益彰的效果。唐代文學家劉禹錫的〈陋室銘〉：「山不在高，有仙則名；水不在深，有龍則靈；斯是陋室，惟吾德馨。苔痕上階綠，草色入簾青。……孔子曰：『何陋之有？』」其創作意念和表現手法都由本詩變化、發展而來，不妨聯繫起來欣賞。

陳風

月出

【題解】

　　這是在藝術形式上別饒韻味的戀歌。詩人在月色皎潔的晚上路遇一位面龐俊俏、體態撩人的姑娘，感到心迷意亂，歸去後情不能已，於是寫成這首詩。

【譯注】

一

月出皎兮，　　　　　　　　月兒一出明晃晃呀，

佼 ❶ 人僚 ❷ 兮。　　　　　　美人兒長得真俊俏呀。

舒 ❸ 窈糾 ❹ 兮，　　　　　　慢慢走來，身材多窈窕呀，

勞心 ❺ 悄 ❻ 兮。　　　　　　害得我心頭突突跳呀。

　❶　佼：音「搞」，美好。

　❷　僚：音「聊」，嬌美。

　❸　舒：輕盈的樣子。

　❹　窈糾：音「邈（陰上聲）九」，風姿綽約、體態婀娜的樣子。

　❺　勞心：憂心。指由於渴慕異性而產生的躁悶心情。

　❻　悄：心神不安的樣子。

二

月出皓 ❶ 兮，　　　　　　　月兒一出光燦燦啊，

佼人懰 ❷ 兮。　　　　　　　美人兒長得真漂亮啊。

舒懮受 ❸ 兮，　　　　　　　慢慢走來，身段多苗條啊，

勞心慅 ❹ 兮。　　　　　　　害得我心頭癢騷騷啊。

　❶　皓：音「浩」，光潔，明亮。

　❷　懰：音「柳」，義同「僚」。

　❸　懮受：義同「窈糾」。懮，音「柚」。

　❹　慅：音「草」，義同「悄」。

三

月出照兮，　　　　　　　　月兒一出銀光照啊，

佼人燎 ❶ 兮。 美人兒全身放光彩啊。

舒夭紹 ❷ 兮， 慢慢走來，體態多嬌嬈啊，

勞心慘 ❸ 兮。 害得我心頭似火燒啊。

❶ 燎：音「遼」，明亮。

❷ 夭紹：義同「窈糾」、「憂受」。夭，音「腰」。

❸ 慘：當作「懆」（音「草」），義同「悄」、「慅」（朱熹《詩集傳》）。

【賞析】

這首詩在形式美上很有特色，是一首音樂性強的雙聲疊韻詩。除了形容月色的「皎」、「皓」、「照」，形容女子容貌的「僚」、「懰」、「燎」，形容心情的「悄」、「慅」、「慘」分別押韻外（押「宵、幽」部韻），連形容體態的「窈糾」、「憂受」、「夭紹」等也都是疊韻詞（兩字的韻相同）。讀起來，令你如觀芭蕾舞劇《天鵝湖》，或如聽貝多芬《月光》奏鳴曲，別有一番溫馨愉悅、纏纏綿綿的特殊感受，「不知情之何以移而神之何以暢」，彷彿內容、形式已渾然如一，於情景交融中，但覺「言有盡而意無窮」。

檜風

隰有萇楚

【題解】

檜，又作「鄶」、「會」，古國名，在今河南省新密市、新鄭市一帶，春秋初年為鄭國所滅。《詩經》有〈檜風〉四篇。

這首詩借草木傳情，表達詩人對一位天真無邪的少女的戀慕。

【譯注】

一

隰 ❶ 有 萇 楚 ❷，　　　　　　窪地裏長着羊桃，

猗儺 ❸ 其枝 。	它的枝條多麼嬌美。
夭 ❹ 之 ❺ 沃沃 ❻ ，	水靈靈呀光閃閃，
樂子之無知 ❼ ！	真喜歡你無憂無慮！

❶ 隰：音「習」，窪地。

❷ 萇楚：又名羊桃（不同於廣東人吃的楊桃），開紫紅色花，果實似桃而細小，為蔓生植物。萇，音「牆」。

❸ 猗儺：音「婀挪」，嬌柔美好的樣子。又作「婀娜」、「旖旎」。

❹ 夭：鮮嫩的樣子。

❺ 之：助詞。

❻ 沃沃：有光澤的樣子。

❼ 無知：言沒有煩惱、憂慮。一說，知，匹也（《爾雅》、《鄭箋》）。則「無知」等於下文的「無家」、「無室」。

二

隰有萇楚，	窪地裏長着羊桃，
猗儺其華 ❶ 。	它的花兒多麼嬌艷。
夭之沃沃，	水靈靈呀光閃閃，
樂子之無家 ❷ ！	真喜歡你還沒成家！

❶ 華：同「花」。

❷ 家：與下文「室」皆謂婚配。《左傳》：「女有家，男有室。室家，謂夫婦也。」

三

隰有萇楚，	窪地裏長着羊桃，
猗儺其實。	它的果實多麼嬌小。
夭之沃沃，	水靈靈呀光閃閃，
樂子之無室！	真喜歡你還沒成親！

【賞析】

　　朱熹《詩集傳》說：「政煩賦重，人不堪其苦，歎其不如草木之無知而無憂也。」方玉潤《詩經原始》更直指它為「傷亂離」之作。直到今天，《詩經》研究者幾乎眾口一詞認定這是感時傷亂、悲觀厭世的詩篇。

　　但其實，此詩每章的前三句，都是讚揚、稱美、欣悅的口吻，而末句的「無知」、「無家」、「無室」，也是緊承前面少好嬌美的讚辭而來，絕無半點悲觀自歎的意味，所以，詩作者之「樂」確是真樂。所謂「傷時」、「厭世」，只是說詩者拿檜國國勢強行比附所作的詮釋，並非從詩中自然演繹出來，所以其說實難以成立。我們只要「入乎其內」，細細體味詩意，便不難獲得正確的理解。

檜風

匪風

【題解】

　　一位遠行服役的征夫，看着車輛往來如飛的官道，不禁觸景傷情，他希望有哪位西歸的旅人能給他捎個平安家信，好藉以紓解鄉愁。

【譯注】

一

匪 ❶ 風發兮 ❷，　　　　　　那風呀呼呼地勁吹，

匪車偈兮 ❸。　　　　　　　那車呀飛速地奔馳。

顧 ❹ 瞻 周 道 ❺，　　　　　　回頭看着王朝的大路，

中 心 怛 ❻ 兮 。　　　　　　心中呀湧起陣陣傷痛。

❶　匪：借為「彼」。

❷　發兮：猶「發發」，風疾吹的樣子。

❸　偈兮：猶「偈偈」，車疾馳的樣子。偈，音「傑」。

❹　顧：回頭看。

❺　周道：周朝的大路。

❻　怛：音「笪」，憂傷，痛苦。

二

匪 風 飄 兮 ❶，　　　　　　那風呀忽忽地飄旋，

匪 車 嘌 兮 ❷ 。　　　　　　那車呀飛速地奔馳。

顧 瞻 周 道 ，　　　　　　　回頭看着王朝的大路，

中 心 弔 ❸ 兮 。　　　　　　心中呀湧起陣陣悲痛。

❶　飄兮：猶「飄飄」，風迴旋的樣子。

❷　嘌兮：猶「嘌嘌」，輕快疾速的樣子。嘌，音「飄」。

❸　弔：音「吊」，傷痛。

三

誰 能 亨 ❶ 魚 ？　　　　　　誰人能夠烹煮魚餐？

溉 ❷ 之 釜 ❸ 鬵 ❹ 。　　　　我便給他備好鼎和鍋。

誰 將 西 歸 ？　　　　　　　誰人將回西方故土？

懷 ❺ 之 ❻ 好 音 ❼ 。　　　　　　　　請給我親人報個平安。

❶ 亨：同「烹」。

❷ 溉：聞一多云，應作「摡」(《經典釋文》及《說文解字·手部》引)，給予。一云，洗滌。

❸ 釜：音「苦」，古炊具，猶今天的鍋。

❹ 鬵：音「尋」，鼎形的炊具。這兩句以助人烹魚比興（為人）成全好事，從而引出下文。

❺ 懷：慰撫。

❻ 之：指家中親人。

❼ 音：消息。

【賞析】

　　這首詩前兩章用直言其事的「賦」的手法，並通過複疊，加強內心苦痛予人的印象。後章忽然轉用「興而比」的手法，帶來為征人緩解鄉愁的一點希望，全詩的調子也從灰暗變得稍稍明朗。這種表現手法連同句式的一起變換，與詩中情緒的起伏變化密切相關，令人細讀之下，深覺有「移步換形」之妙。

曹風

下泉

【題解】

　　曹，古國名，在今山東省荷澤市定陶區一帶，公元前 487 年為宋國所滅。《詩經》有〈曹風〉四篇。

　　這首詩慨歎周王朝的國勢江河日下，帶累弱小的曹國亦難以自保，因而追憶西周盛時，懷念昔日「明王賢伯」的治績。作者應是一位「在其位，謀其政」，有清醒政治頭腦和強烈責任感的「賢士大夫」。

【譯注】

一

洌 ❶ 彼下泉，　　　　　　　　那冰涼的泉水往下流淌，
浸彼苞 ❷ 稂 ❸。　　　　　　淹沒那叢叢的狗尾草。
愾 ❹ 我寤 ❺ 歎，　　　　　　我唱然長歎徹夜難眠，
念彼周京 ❻。　　　　　　　　懷念那周京的輝煌時光。

- ❶ 洌：音「列」，寒冷。
- ❷ 苞：音「包」，草叢生。
- ❸ 稂：音「狼」，狗尾草，又名狼尾草。
- ❹ 愾：音「氣」，歎氣的樣子。
- ❺ 寤：醒着。是說眼睜睜無法入睡。
- ❻ 周京：與下文的「京周」、「京師」，均指西周王城。這裏用來指代全盛時的西周王朝。

二

洌彼下泉，　　　　　　　　那冰涼的泉水往下流淌，
浸彼苞蕭 ❶。　　　　　　　淹沒那叢叢的香蒿。
愾我寤歎，　　　　　　　　我唱然長歎徹夜難眠，
念彼京周 ❷。　　　　　　　懷念那京都的輝煌時光。

- ❶ 蕭：香蒿。青蒿的一種，色青翠，至深秋，餘蒿盡黃，此蒿獨青，且帶芳香（沈括《夢溪筆談》）。
- ❷ 京周：即周京。倒文以協韻。

三

冽彼下泉，	那冰涼的泉水往下流淌，
浸彼苞蓍 ❶。	淹沒那叢叢的蓍草。
愾我寤歎，	我喟然長歎徹夜難眠，
念彼京師。	懷念那京師的輝煌時光。

❶ 蓍：音「詩」，草名，古人用來占卦。

四

芃芃 ❶黍苗，	茂盛的黍苗蓬勃生長，
陰雨膏 ❷之。	有綿綿細雨滋潤它們。
四國 ❸有王 ❹，	四方的諸侯勤於王事，
郇伯 ❺勞 ❻之。	自有郇伯撫慰他們。

❶ 芃芃：音「蓬蓬」，草木茂盛的樣子。

❷ 膏：潤澤。

❸ 四國：各地。國，通「域」，指地方、地域。

❹ 有王：來京城朝見周王，表示效忠於中央政府。

❺ 郇伯：即郇侯。是文王的兒子，封於郇，任州伯，治諸侯有功。此「郇伯」或為其後人。郇，音「詢」。

❻ 勞：慰問，安撫。

【賞析】

　　前三章揭露陰暗面：以寒冷的泉水淹沒眾草，比喻衰亂之世，國民受苛政殘虐，小邦被大邦侵凌的可歎局面；第四章全力歌頌光明面：懷念西周全盛時期，有明主在位，賢臣輔佐，所以各國諸侯紛紛來朝的盛況。兩相對比，作者的政見和感情傾向也就不言自明。

豳風

七月

【題解】

　　豳（音「賓」），也作「邠」，古國名，在今陝西省旬邑縣、彬縣一帶，西周末年已不存在，故〈豳風〉都是西周的作品（但不排除經過後人修改潤色）。《詩經》有〈豳風〉七篇。

　　〈七月〉是一首極古老的民歌，描寫上古農村從早到晚，一年四季的勞動、生活情景以及時令風習，具有很高的歷史文獻價值和藝術欣賞價值。

【譯注】

一

七月流❶火❷，	七月裏火星向西移，
九月授衣❸。	九月裏分發寒衣。
一之日❹觱發❺，	十一月北風呼嘯，
二之日栗烈❻。	十二月寒氣凜冽。
無衣無褐❼，	要沒有布衣、粗麻衣，
何以卒歲？	怎樣度過這一年？
三之日于❽耜❾，	正月裏修好耒耜，
四之日舉趾❿。	二月裏下田幹活。
同我婦子，	帶着我的老婆孩子，
饁⓫彼南畝⓬，	送飯到南邊的田裏，
田畯⓭至喜。	田官來到見了喜滋滋。

❶ 流：下行。夏曆五月此星位於南方高處，六月之後便偏西下行。

❷ 火：星宿名，又稱大火，即心宿。

❸ 授衣：古時制度，每年夏季四至六月、冬季九至十一月由國家配授衣服（參見《睡虎地秦墓竹簡‧秦律十八種‧金布律》）。

❹ 一之日：指周曆正月的日子，即夏曆十一月。此詩凡稱「某月」都是用夏曆（近乎現在的陰曆），稱「某之日」都是用周曆。

❺ 觱發：音「必撥」，形容風聲的象聲詞。

❻ 栗烈：即凜冽，形容寒冷的樣子。

❼ 褐：音「喝」，粗麻衣，取未績之枲（音「徙」，粗麻）編成，是貧賤者穿的衣服。（《睡虎地秦墓竹簡‧秦律十八種》）

❽ 于：助詞，無義。

❾ 耜：音「字」，古代耕作的農具。這裏用為動詞，指修理耒耜。

❿ 舉趾：舉足（下田）。

⓫ 饁：音「屑」，送飯。

⓬ 南畝：田地多在山南朝陽的地方，故稱「南畝」。

⓭ 田畯：農官，負責監管、督導農事的官員。畯，音「俊」。

第一段，是從秋冬到春天農村生活、勞動情況的掠影。

二

七月流火，	七月裏火星向西移，
九月授衣。	九月裏分發寒衣。
春日載❶陽❷，	春天日子暖洋洋，
有❸鳴倉庚❹。	黃鶯兒歌聲嘹亮。
女執懿筐❺，	婦女拿着深竹筐，
遵❻彼微行❼，	走在那林間小路上，
爰❽求柔桑。	找到嫩桑採摘忙。
春日遲遲❾，	春天裏日子長悠悠，
采蘩❿祁祁⓫。	採白蒿的人兒一群群。
女心傷悲，	姑娘心裏很悲傷，
殆⓬及公子同歸。	怕被公子哥兒帶回府。

❶ 載：開始。

❷ 陽：和暖。

❸ 有：助詞。

④ 倉庚：黃鶯。鳴聲悦耳。

⑤ 懿筐：音「意康」，深筐。

⑥ 遵：沿着。

⑦ 行：音「恆」，道路。

⑧ 爰：乃，於是。

⑨ 遲遲：漫長的樣子。

⑩ 蘩：音「繁」，白蒿。據說用白蒿煮水澆在蠶子上，則易孵化。

⑪ 祁祁：音「歧歧」，眾多的樣子。

⑫ 殆：音「怠」，唯恐。

以上第二段，寫婦女們春天採桑的情景，以及她們怕被貴族公子帶走的痛苦心情。

三

七月流火，	七月裏火星向西移，
八月萑葦 ❶。	八月裏割取蘆葦。
蠶月條桑，	三月裏修剪桑樹，
取彼斧斨 ❷，	拿起那斧頭，
以伐遠揚 ❸，	砍掉過長的枝幹，
猗 ❹ 彼女桑 ❺。	拉下那柔枝採嫩桑。
七月鳴鵙 ❻，	七月裏伯勞高聲叫，
八月載 ❼ 績 ❽。	八月裏開始搓麻線。
載 ❾ 玄載黃 ❿，	布帛鮮明又耀眼，
我朱 ⓫ 孔 ⓬ 陽 ⓭，	我染的紅色最漂亮，
為公子裳。	正好給公子哥兒做衣裳。

❶ 萑葦：蘆荻。這裏用為動詞，指割取蘆荻以作蠶箔。萑，音「桓」，葦，是萑的一種。

❷ 斨：音「槍」，方孔的斧頭。

❸ 遠揚：指伸展得過長過遠的枝椏。

❹ 猗：借為「掎」（音「倚」），牽、拉之意。

❺ 女桑：嫩桑。

❻ 鵙：音「隙」，伯勞鳥，鳴聲嘹亮。

❼ 載：行，從事（于省吾《甲骨文字釋林》）。

❽ 績：緝麻。

❾ 載：助詞。

❿ 玄黃：通「炫煌」，形容織物顏色光鮮炫目（朱廣祁《〈詩經〉雙音詞論稿》）。

⓫ 朱：紅色。

⓬ 孔：十分。

⓭ 陽：鮮明。

以上第三段，寫婦女採桑、搓麻、織染的情景。

四

四月秀 ❶ 葽 ❷，	四月裏遠志開花，
五月鳴蜩 ❸。	五月裏知了長嘶。
八月其 ❹ 穫，	八月裏收割莊稼，
十月隕 ❺ 蘀 ❻。	十月裏黃葉紛飛。
一之日于 ❼ 貉 ❽，	十一月去獵貉子，
取彼狐狸，	捉到狐狸剝下皮，
為公子裘。	給公子哥兒做衣裳。

二之日其 ❾ 同 ❿，　　　　　　十二月大伙集合齊，

載 ⓫ 纘 ⓬ 武功 ⓭。　　　　　　繼續打獵練武藝。

言 ⓮ 私其豵 ⓯，　　　　　　　獵得小獸歸自己，

獻豜 ⓰ 于公 ⓱。　　　　　　　大野獸獻上給公爺。

❶　秀：植物開花。

❷　葽：音「腰」，植物名，即遠志，又名小草，夏日開花，根可入藥。

❸　蜩：音「條」，蟬。

❹　其：助詞。

❺　隕：墜落。

❻　蘀：音「托」，草木的落葉。

❼　于：助詞。

❽　貉：音「鶴」，似狐狸的一種野獸，毛棕灰色，食蟲類為生，皮很珍貴。這裏用作動詞，「獵取貉」之意。

❾　其：助詞。

❿　同：聚集。

⓫　載：從事。

⓬　纘：音「纂」，繼續。

⓭　武功：武事。此指結合狩獵進行的軍事訓練。古代往往如此。直至清代的「木蘭秋獮」，即一年一度的皇家大規模圍獵活動，仍有「練武」的作用。

⓮　言：助詞。

⓯　豵：音「宗」，一歲的豬。泛指小野獸。

⓰　豜：音「堅」，三歲的豬。泛指大野獸。

⓱　公：指貴族領主，或氏族長之類。

以上第四段，寫農事結束後，在冬季打獵、習武的情景。

五

五月斯螽❶動股，	五月裏斯螽彈腿響，
六月莎雞❷振羽。	六月裏紡織娘振翅膀。
七月在野，	七月蟋蟀在田野，
八月在宇❸，	八月移到屋簷下，
九月在戶，	九月裏當門叫，
十月蟋蟀入我床下。	十月躲進我床底。
穹窒❹熏鼠，	堵死窟窿熏老鼠，
塞向❺墐❻戶。	封好北窗，門縫糊上泥。
嗟我婦子，	嗨，我的老婆孩子，
曰❼為改歲，	眼看要過年了，
入此室處❽。	搬進這房子居住。

❶ 斯螽：即螽斯（詳見本書第 6 頁〈周南‧螽斯〉的「題解」），蝗類昆蟲，由翅膀
   振動發聲。古人誤以為牠是靠兩腿（股）摩擦作聲，故言「動股」。

❷ 莎雞：即紡織娘。莎，音「梳」。

❸ 宇：屋簷下。

❹ 穹窒：讀為「窒穹」，賓語前置。穹，音「窮」，洞穴。窒，堵塞。

❺ 向：朝北的窗戶。

❻ 墐：音「僅」，用泥塗抹。古代人家多以竹、木編成門戶，縫隙多，故冬天必須
   以泥塗門縫，以避風寒。

❼ 曰：語首助詞，無義。《漢書》引作「聿」。

❽ 處：居住。農忙時他們在場上露宿，冬季農閒才搬回屋裏住。

以上第五段，寫村民們如何收拾房子，準備過年的情景。

六

六月食鬱❶及薁❷，　　　　六月裏吃鬱李、山葡萄，

七月亨❸葵❹及菽❺。　　　　七月裏煮葵菜和豆葉。

八月剝❻棗，　　　　　　　八月裏撲打棗子，

十月穫稻，　　　　　　　　十月裏收割稻穀，

為此春酒，　　　　　　　　用來釀造這春酒，

以介❼眉壽❽。　　　　　　喝了好延年益壽。

七月食瓜，　　　　　　　　七月裏吃瓜，

八月斷壺❾，　　　　　　　八月裏摘葫蘆，

九月叔❿苴⓫。　　　　　　九月拾麻籽。

采荼⓬薪⓭樗⓮，　　　　苦菜勤採挖，臭椿作柴薪，

食我農夫。　　　　　　　　就用這些養活咱們種田人。

❶　鬱：音「屈」，一名鬱李，果小而酸，可生食。

❷　薁：音「郁」，一名山葡萄，果似桂圓，可生食。

❸　亨：同「烹」，煮。

❹　葵：菜名。

❺　菽：音「熟」，豆類的總稱。此指豆葉。

❻　剝：借為「扑」（音「撲」），敲擊。

❼　介：助。一說借為「匄（古丐字）」，祈求。

❽　眉壽：長壽，高壽。眉借為「彌」或「釁」，滿也、長也。

❾　壺：同「瓠」，即葫蘆瓜。

❿　叔：拾取。

⓫　苴：音「吹」，麻籽，可以吃。

⓬　荼：音「途」，苦菜。

⓭ 薪：用作動詞。

⓮ 樗：音「書」，又名臭椿樹，木質粗劣。

以上第六段，寫一年四季的飲食。

七

九月築場圃 ❶，	九月裏築好打穀場，
十月納禾稼：	十月把糧食送進倉：
黍稷重 ❷ 穋 ❸，	黃米、高粱及早、晚熟穀物，
禾麻菽麥。	還有小米、蔴子、豆和麥。
嗟我農夫，	嗨，咱們這些種田人，
我稼既同 ❹，	我這裏莊稼已收完，
上 ❺ 入執 ❻ 宮 ❼ 功 ❽。	還須到宮中去幹活。
晝爾 ❾ 于 ❿ 茅 ⓫，	白天割茅草，
宵爾索綯 ⓬。	晚上搓繩子。
亟 ⓭ 其 ⓮ 乘 ⓯ 屋，	急急爬上屋頂修房子，
其始播百穀。	很快又要開始播種了。

❶ 場圃：利用菜園修的打穀場。春夏種菜，秋收後作打穀場，故稱「場圃」。圃，菜園。

❷ 重：同「穜」（音「童」），早種晚熟的穀物。

❸ 穋：同「稑」（音「陸」），晚種早熟的穀物。

❹ 同：集中。

❺ 上：同「尚」。

❻ 執：從事。

❼ 宮：上古房屋的通稱。這裏指領主的居室。

❽ 功：通「工」，事、工作。

❾ 爾：助詞。

❿ 于：助詞。

⓫ 茅：用作動詞。

⓬ 索綯：編織繩子。綯，音「陶」，繩索。

⓭ 亟：音「極」，急。

⓮ 其：助詞。

⓯ 乘：登。

以上第七段，寫秋收冬藏後還須做的其他室內外工作。

八

二之日鑿冰沖沖 ❶，	十二月鑿冰咚咚響，
三之日納于凌 ❷ 陰 ❸。	正月裏把冰往窖裏藏。
四之日其 ❹ 蚤 ❺，	二月裏「早朝」祭祖先，
獻羔祭韭 ❻。	獻上羔羊和韭菜。
九月肅霜 ❼，	九月裏天高氣爽，
十月滌場 ❽。	十月裏清理打穀場。
朋 ❾ 酒斯 ❿ 饗 ⓫，	兩罇美酒同品嚐，
曰 ⓬ 殺羔羊。	還宰殺羔羊。
躋 ⓭ 彼公堂 ⓮，	一起走到大堂上，
稱 ⓯ 彼兕觥 ⓰，	舉起那犀形大酒杯，
萬壽無疆！	祝福「萬壽無疆」！

❶ 沖沖：象聲詞。

❷ 凌：冰。

❸ 陰：借為「窨」，地窨（聞一多說）。藏冰於窨以備他日使用。

❹ 其：助詞。

❺ 蚤：借為「早」，指「早朝」，是一種祭祖儀式（朱熹說）。

❻ 韭：同「韮」。

❼ 肅霜：猶言「肅爽」，雙聲連綿詞（王國維說）。

❽ 滌場：農事已畢，故清理曬場。滌，音「敵」，洗，此泛言清掃。

❾ 朋：兩。

❿ 斯：助詞。

⓫ 饗：音「享」，宴飲，享用。

⓬ 曰：助詞。

⓭ 躋：音「擠」，升，登上。

⓮ 公堂：貴族領主或氏族長用來宴飲、議事的廳堂。

⓯ 稱：借作「偁」，舉（馬瑞辰說）。

⓰ 兕觥：像兕（犀牛）形的青銅大飲杯。兕，音「字」。觥，音「轟」。

以上第八段，以春天祭祖和年終飲宴的熱鬧場面收束。

【賞析】

　　這首詩描述一年四季的農村生活，相當於後世的「四季調」。各月份的敘寫參差錯落，在有意無意之間，充分顯示出古樸稚拙之美，就如原始繪畫或民間藝術品一樣，散發着天真爛漫的氣息，自有一種難以企及的動人之處，令人賞心悅目。吳闓生《詩義會通》稱讚其「用意之處猶為神行無跡，神妙奇偉，殆有非言語所能曲盡者」，未免把一些偶然效果神秘化，也神聖化了。這是往昔文人常有的「佞古」（盲目崇古）通病，不足為怪。

豳風

伐柯

【題解】

　　這首詩以用斧頭砍樹製柯作比方，說明娶妻必須依禮法行事。應當是當時豳地流行的一首「婚禮進行曲」。

【譯注】

一

伐柯 ❶ 如何？	怎樣砍樹製個斧柄？
匪 ❷ 斧不克 ❸。	沒有斧頭便不能。

取 ❹ 妻 如 何 ？　　　　　怎樣才能娶妻子？

匪 媒 不 得 。　　　　　　沒有媒人便不行。

❶　柯：音「珂」，斧柄。

❷　匪：同「非」。

❸　克：能。

❹　取：通「娶」。

二

伐 柯 伐 柯 ，　　　　　　砍下樹來製斧柄，

其 則 ❶ 不 遠 。　　　　　取法的模樣在眼前。

我 覯 ❷ 之 子 ❸ ，　　　　我和這人兒結同心，

籩 ❹ 豆 ❺ 有 ❻ 踐 ❼ 。　　果品佳餚列滿筵。

❶　則：法則，榜樣。既用斧頭砍製斧柄，故言所取法的樣本不遠。

❷　覯：音「究」，相見，遇合。引申指婚姻的結合。

❸　之子：這人。

❹　籩：音「鞭」，古代盛果脯的竹製器皿。

❺　豆：盛食品的木製、陶製或青銅製高足器皿。

❻　有：助詞，起協調音節和強化語氣的作用。

❼　踐：成行列的樣子。

【賞析】

　　全詩都運用「比」的手法。首章以要用斧頭才能砍製斧柄，比喻娶

妻子非有媒人不可；次章繼續以「伐柯」作比，言製斧柄得有取法的「模式」，所以娶妻子也必須依循禮制行事，不可造次（因此要擺設盛筵）。實際是反覆宣揚「非禮勿動」的思想。

豳風

九罭

【題解】

　　這是女方殷勤挽留男方的情詩。那位男士看來是個衣着華貴,有很高身份、地位的人。

【譯注】

一

九罭 ❶ 之魚鱒 ❷ 魴 ❸ 。　　　　細密的網兒捕到了鱒魚、魴魚。

我覯 ❹ 之子,　　　　　　　　　我和這人兒相好,

袞衣 ❺ 繡裳 。　　　　　　　　　他穿着錦繡裙裳袞龍衣。

❶　九罭：細眼密孔的漁網。九，表虛數，泛言孔眼之多。罭，音「域」，與「緎」
　　同，與「域」皆有界劃之義（于省吾說）。
❷　鱒：音「傳（陽去聲）」，魚名，體銀白略帶黑。
❸　魴：音「防」，似鯿魚，銀灰色。
❹　覯：音「究」，相見，遇合。引申指婚姻的結合。
❺　袞衣：繡着盤龍的禮服。王公貴族所穿。袞，音「滾」。

二

鴻飛遵 ❶ 渚 。　　　　　　　　　鴻雁沿着沙洲飛翔。
公歸無所 ❷ ，　　　　　　　　　我公一去不知歸向何方，
於 ❸ 女 ❹ 信處 ❺ 。　　　　　　不如和您繼續同住。

❶　遵：循，沿着。
❷　無所：不是指沒有地方居住，而是說不知其所居何處，有一去無蹤之意。
❸　於：與。
❹　女：同「汝」，第二人稱代詞。
❺　信處：住完再住。信，通「申」，有重複、再度之意。處，居住。

三

鴻飛遵陸 。　　　　　　　　　　鴻雁沿着陸地飛翔。
公歸不復 ，　　　　　　　　　　我公歸去便不再回來，
於女信宿 。　　　　　　　　　　不如和您再度良宵。

四

是以有衰衣 ❶ 兮， 所以，穿衰衣的人哪，

無以 ❷ 我公歸兮， 我的公爺，您不要歸去啊，

無使我心悲兮！ 別讓我心傷痛苦啊！

❶ 有衰衣：指穿衰衣的人，即上文的「之子」，也就是「公」。

❷ 無以：不要。

【賞析】

　　首章言兩人相會，結合；二、三章言所愛之人將會一去無歸，所以殷勤留宿；末章挽留的情意更切，從婉言相勸變為激動的懇求，將作品情緒步步推向高潮。

小雅

鹿鳴

【題解】

　　小雅，是宮廷樂歌，在朝廷舉行的一般宴會、典禮上演唱。《詩經》有〈小雅〉七十四篇，是西周至春秋初期的作品。

　　〈鹿鳴〉是〈小雅〉的第一篇，所謂「四始」之一（詳見本書第 2 頁〈周南・關雎〉的「題解」），描寫周王歡宴嘉賓的盛大場面和賓主相得，彼此互勉、同樂的情形，是首著名的樂歌。

【譯注】

一

呦呦 ❶ 鹿鳴，	鹿兒呦呦叫，
食野之苹 ❷。	野外吃苹草。
我有嘉賓，	我有高貴的客人，
鼓瑟吹笙 ❸。	鼓瑟吹笙表歡迎。
吹笙鼓簧 ❹，	吹起笙，動簧片，
承 ❺ 筐是 ❻ 將 ❼。	捧着滿筐禮品來分贈。
人之好我，	在座諸位厚愛我，
示 ❽ 我周行 ❾。	指示我光明大道行。

❶ 呦呦：音「幽幽」，鹿鳴聲。

❷ 苹：即藾蒿，草名。兩句以鹿吃苹草起興，引出宴客的主題。

❸ 笙：管樂器，用若干根長短不等的簧管製成，用口吹奏。

❹ 簧：樂器中的薄片，以金屬或葦、竹等製成，吹之振動發聲。

❺ 承：奉，捧(《說文解字》)。《周易 · 歸妹 · 上六》:「女承筐，無實。」用法同此。

❻ 是：助詞，起加強語氣作用。

❼ 將：獻。如〈周頌 · 我將〉:「我將我享，維羊維牛。」

❽ 示：指示，告訴。

❾ 周行：周朝的大道。引申指正確的道理，包括修身、治國的各種要言妙道。行，
　　音「幸」。

二

呦呦鹿鳴，　　　　　　　　鹿兒呦呦叫，

食野之蒿 ❶。　　　　　　　野外吃青蒿。

我有嘉賓，　　　　　　　　我有高貴的客人，

德音 ❷ 孔 ❸ 昭 ❹，　　　　德高望重美名揚，

視 ❺ 民不恌 ❻，　　　　　　忠厚正直，為民表率，

君子是則是傚 ❼。　　　　　君子效法有榜樣。

我有旨 ❽ 酒，　　　　　　　我有美酒宴賓客，

嘉賓式 ❾ 燕 ❿ 以敖 ⓫。　　嘉賓快樂情懷暢。

❶ 蒿：指青蒿，菊科多年生草本植物。

❷ 德音：美好的聲譽。

❸ 孔：很，十分。

❹ 昭：明，顯著。

❺ 視：借為「示」。

❻ 恌：音「挑」，輕薄，浮滑。《左傳》、《說文解字》均引作「佻」。

❼ 是則是傚：猶「則之傚之」。是，此，作前置賓語。則，取法。傚，同「效」，
仿效。

❽ 旨：甘美。

❾ 式：助詞，無義。

❿ 燕：安樂（《毛傳》）。

⓫ 敖：也是樂。此句猶〈小雅‧南有嘉魚〉：「君子有酒，嘉賓式燕以樂。」又〈車
舝〉：「式燕且喜。」（馬瑞辰《毛詩傳箋通釋》）

三

呦呦鹿鳴，	鹿兒呦呦叫，
食野之芩 ❶。	野外吃芩草。
我有嘉賓，	我有高貴的客人，
鼓瑟鼓琴。	鼓瑟彈琴來招待。
鼓瑟鼓琴，	鼓瑟彈琴來招待，
和樂且湛 ❷。	融融洽洽樂陶陶。
我有旨酒，	我有美酒宴賓客，
以燕樂 ❸嘉賓之心。	讓嘉賓盡情歡暢樂開懷。

❶ 芩：音「琴」，又名黃芩，多年生草本植物。

❷ 湛：音「耽」，借為「媅」，樂之久或樂之甚（馬瑞辰說）。

❸ 燕樂：喜樂。

【賞析】

　　〈鹿鳴〉作為宮廷樂歌，最初當然是周王歡宴大臣、諸侯、賓客的歌曲，所以用代表周王的第一人稱口吻寫成。從歌辭內容看，周王對他們如此禮重，君臣關係想必融洽，國運也自然興隆。無怪生活在清帝封建淫威下的方玉潤在《詩經原始》中深有感觸地說：「文（王）、武（王）之待群臣如待大賓，而後世則直以奴隸視之，何賓之有？難怪君臣上下之情多隔而不通，而政治也越來越不濟了。……」當然，周朝盛時的君臣關係也未必如此理想，但通過此詩的內容，令人至少可以看到一種渴望求賢和虛懷

納諫的開明的統治者的風度。在二三千年前的時代尚能如此，今天提倡民主、平等的現代社會中，上司和下屬、領袖與民眾之間的關係該當如何，應是不言而喻的了。

《詩經原始》又說，此詩音節「一片和平，盡善盡美」，所以「與〈關雎〉同列四詩之始」。也許正由於此，〈鹿鳴〉成了古代宴會的「迎賓曲」，流傳廣遠。曹操「橫槊賦詩」寫的〈短歌行〉（「對酒當歌」），更乾脆襲用了其開端四句。到清代，鄉試放榜的次日要舉行盛宴，招待考官和新中的舉人，那宴會便專門稱為「鹿鳴宴」。今天我們在市面上偶然會見到的「鹿鳴酒家」，也是取義於「迎賓」的意思。

小雅

常棣

【題解】

　　這是宴樂兄弟，詠歎手足情深的詩篇。「脊令在原，兄弟急難」、「兄弟鬩于牆，外禦其侮」等，已成為千載傳誦的名言。

　　常棣，即棠棣，又名棠梨，楊柳科落葉喬木，春天開花，繁盛如雪。此詩以其花與萼的相依、相映，比喻兄弟間相互扶持、救助的密切關係。

【譯注】

一

常棣之華 ❶，　　　　　　棠棣的花兒，
鄂 ❷ 不 ❸ 韡韡 ❹。　　　　花萼也閃閃生輝。
凡今之人，　　　　　　　如今世上的人，
莫如兄弟。　　　　　　　都不如兄弟相親。

❶　華：古「花」字。

❷　鄂：借為「萼」，花托。

❸　不：借為「柎」（音「膚」），萼足，即花蒂（《鄭箋》）。

❹　韡韡：音「偉偉」，光鮮的樣子。

　第一段，以花、萼相輝比興，說明兄弟手足情深的親密關係。

二

死喪之威 ❶，　　　　　　死亡是多麼可怕，
兄弟孔 ❷ 懷。　　　　　　只有兄弟能真心關懷。
原隰 ❸ 裒 ❹ 矣，　　　　　死就算荒原上屍積如山，
兄弟求矣。　　　　　　　兄弟也會前去尋找。

❶　威：通「畏」。

❷　孔：十分。

❸　原隰：泛指荒野。隰，音「習」，低濕之地。

❹　裒：音「抔」，聚。指戰場上屍體堆疊。

　以上第二段，說明兄弟情誼是至死不渝的。

三

脊令 ❶ 在 原 ，	鶺鴒鳥落在平原上，
兄 弟 急 難 ❷ 。	只有兄弟會相救急難。
每 ❸ 有 良 朋 ，	縱然有知交好友，
況 ❹ 也 永 歎 。	不過徒增幾聲長歎。

❶ 脊令：今作「鶺鴒」，一種水鳥。水鳥落在平野，是失所依，用以比喻遭到患難。

❷ 急難：急於相救危難。

❸ 每：雖然。

❹ 況：增益（馬瑞辰說）。一說，憂傷貌（方玉潤說）。

以上第三段，指出朋友只會給予同情，唯有兄弟才能真正做到危難相救。

四

兄 弟 鬩 ❶ 于 牆 ，	兄弟有時在家中爭鬧，
外 禦 其 務 ❷ 。	卻同心合力抵禦外侮。
每 有 良 朋 ，	縱然有知交好友，
烝 ❸ 也 無 戎 ❹ 。	最終也無人施以援手。

❶ 鬩：音「益」，爭鬥。

❷ 務：借為「侮」。《左傳》、《國語》均引作「侮」。

❸ 烝：音「征」，長久，最終（《毛傳》、《鄭箋》）。一說，眾多（戴震《毛鄭詩考正》）。

❹ 戎：相助。

以上第四段，說明兄弟平日雖然會有紛爭，但有事時總能一致對外禦敵。

五

喪亂既平，	喪亂已經平息，
既安且寧。	一派安詳寧靜。
雖有兄弟，	這時雖有兄弟，
不如友生 ❶。	卻不如朋友如膠似漆。

❶　友生：友人。生，語助詞。

以上第五段，寫出一般人情世態：在平靜的日子裏，兄弟的情誼反似不如朋友親密。

六

儐 ❶爾籩 ❷豆 ❸，	擺上大盤小碗菜餚，
飲酒之飫 ❹。	全家都來喝個痛快。
兄弟既具 ❺，	兄弟齊齊聚在一起，
和樂且孺 ❻。	融融洽洽，相親相愛。

❶　儐：音「賓」，陳列，擺設。

❷　籩：音「鞭」，竹製食器。

❸　豆：陶、木或青銅製高足食器。

❹　飫：音「酗」，飽足。

❺　具：同「俱」，聚齊。

❻　孺：音「如」，親睦。

以上第六段，敘述全家歡宴之樂。

七

妻子好合，	和妻子情投意合，
如鼓瑟琴。	像合奏琴瑟般和諧。
兄弟既翕 ❶，	兄弟團結友愛，
和樂且湛 ❷。	融融洽洽，親密無間。

❶ 翕：音「泣」，聚合，和順。

❷ 湛：音「耽」，樂之久或樂之甚（馬瑞辰說）。

以上第七段，言兄弟也當如夫婦一樣融洽和諧地相處。

八

宜 ❶ 爾室家，	令你的家庭親愛和睦，
樂爾妻帑 ❷。	使你的妻兒愉快幸福。
是 ❸ 究 ❹ 是圖 ❺，	你認真考慮，仔細想想，
亶 ❻ 其然 ❼ 乎！	覺得確實應當這樣吧！

❶ 宜：使和順。

❷ 帑：通「孥」（音「奴」），兒子。

❸ 是：此。指上述情況。

❹ 究：深入探求。

❺ 圖：反覆考慮。「是究是圖」猶「究之圖之」，「是」作前置賓語。

❻ 亶：音「坦」，實在，誠然。

❼ 然：如此。《鄭箋》云：「女（汝）深謀之，信其如是。」

以上第八段，奉勸人們永遠記住維持兄弟友愛、家庭和睦的好處。

【賞析】

《詩序》說:「〈常棣〉,燕兄弟也。」《國語·周語》則直指為周公所作,實際並無根據。本詩強調兄弟團結友愛、互相扶持的密切關係,甚至認為「凡今之人,莫如兄弟」,世上只有兄弟最親。為了突出這一中心,在三、四段以朋友關係對照,說明即使平日如膠似漆的好友,到發生危難時也終不如兄弟那麼可信賴。最後兩段則與妻兒合詠,足見兄弟友愛與保持家庭和睦同等重要。全篇表達了當時宗法社會中強調的「友于兄弟」(孔子引《尚書》語)的「親親」思想(因為家庭、宗族是整個宗法社會的根基,所以必須加以維護)。

小雅

采薇

【題解】

　　這是一位久經戰陣的軍人在還鄉途中抒寫感慨的作品。他把憤恨集中在侵擾疆土的敵人身上，而強烈的憂思則深藏心中，表現出先國後家的可貴精神。

【譯注】

一

采 ❶薇 ❷采薇，　　　　　　　採薇菜呀採薇菜，

薇亦作 ❸ 止 ❹。　　　　　　　　薇菜長出芽啦。

曰 ❺ 歸曰歸，　　　　　　　　　回去吧快回去吧，

歲亦莫 ❻ 止。　　　　　　　　　一年又到頭啦。

靡 ❼ 室靡家，　　　　　　　　　害得我有家難歸，

玁狁 ❽ 之故；　　　　　　　　　都是玁狁的緣故；

不遑 ❾ 啟居 ❿，　　　　　　　　害得我無法安居，

玁狁之故。　　　　　　　　　　都是玁狁的緣故。

❶　采：同「採」。

❷　薇：一種豆科野生植物，又名大巢菜，或野豌豆苗，可當菜吃。

❸　作：生出。

❹　止：語氣助詞。

❺　曰：助詞。「曰歸曰歸」猶言「歸哉歸哉」。

❻　莫：「暮」的古字。

❼　靡：音「美」，無，沒有。有家難回，等於無家。

❽　玁狁：音「險允」，古代種族名。西周稱為「玁狁」（又作「嚴允」），春秋稱為「北狄」，即秦漢時的匈奴。居於中國西北境，經常襲擾中原一帶，是古代中國的宿敵。

❾　遑：暇。

❿　啟居：指安居。啟，跪。居，安坐。古人席地而坐，兩膝着蓆，臀部貼着足跟，跪時則把腰挺直，臀部離開足跟。

第一段，說明離家征戍的原因和思歸心情。

二

采薇采薇，　　　　　　　　　採薇菜呀採薇菜，

薇亦柔止。	薇菜正柔嫩啊。
曰歸曰歸，	回去吧快回去吧，
心亦憂止。	心裏好憂傷啊。
憂心烈烈❶，	百慮煎心似火燒，
載❷飢載渴。	又飢又渴難抵受。
我戍❸未定，	我征戰駐防不固定，
靡❹使歸聘❺。	無人可傳信慰家人。

❶ 烈烈：極其憂愁的樣子。

❷ 載：助詞，此處有關聯作用。

❸ 戍：軍隊防守。

❹ 靡：沒有。

❺ 聘：問。此指以書信問候家人。

以上第二段，寫與親人音訊隔絕，因而思家越切的心情。

三

采薇采薇，	採薇菜呀採薇菜，
薇亦剛❶止。	薇菜變粗硬啦。
曰歸曰歸，	回去吧快回去吧，
歲亦陽❷止。	轉眼到十月啦。
王事靡盬❸，	王差總是幹不完，
不遑啟處❹。	不能有片刻安居。
憂心孔❺疚❻，	我心中萬分痛苦，
我行不來❼。	只怕一去不能返家園。

❶ 剛：堅硬。薇菜從柔嫩變粗硬，說明時間不斷消逝。

❷ 陽：指夏曆十月。所謂「十月小陽春」。

❸ 盬：音「古」，止息（王引之說）。

❹ 啟處：義同「啟居」。處，居（《鄭箋》）。

❺ 孔：很，十分。

❻ 疚：音「救」，病痛。

❼ 來：指返回。或讀為「勑」（音「睞」），慰問。不來，指無人慰問。亦通。

以上第三段，擔心自己還鄉無望。

四

彼爾 ❶ 維 ❷ 何？	那濃濃密密的是甚麼？
維常 ❸ 之華 ❹。	是棠棣的花兒。
彼路 ❺ 斯 ❻ 何？	那高高大大的是甚麼？
君子 ❼ 之車。	是將帥的兵車。
戎車既駕，	兵車已經駕起來，
四牡 ❽ 業業 ❾。	四匹公馬氣昂昂。
豈敢定居，	哪敢安居在一處，
一月三 ❿ 捷 ⓫！	每月都廝殺幾場！

❶ 爾：通「薾」，花繁盛的樣子。

❷ 維：判斷詞「是」的前身。

❸ 常：指常棣，又名棠棣（詳見本書第 185 頁〈小雅·常棣〉的「題解」）。

❹ 華：古「花」字。

❺ 路：大（《爾雅·釋詁》）。這裏是車高大的樣子。

❻ 斯：助詞。

❼ 君子：這裏指軍中統帥。

❽ 牡：雄性動物，此指公馬。

❾ 業業：高大雄壯的樣子。

❿ 三：表不多，非實數。

⓫ 捷：借為「接」，指接戰。一說，「三捷」指經常調防，多次行軍；捷，抄行小路。
又一說，捷，勝也。

以上第四段，寫戰場生活的緊張艱苦。

五

駕彼四牡，	駕起那四匹公馬，
四牡騤騤 ❶。	四匹公馬真強壯。
君子所依，	將帥靠戰車來乘載，
小人所腓 ❷。	兵士靠戰車來防身。
四牡翼翼 ❸，	四匹馬兒齊步走，
象弭 ❹ 魚服 ❺。	象牙嵌弓梢，魚皮做箭囊。
豈不日戒？	怎能不天天戒備？
玁狁孔棘 ❻！	玁狁行動快捷又猖狂！

❶ 騤騤：音「葵葵」，義同「業業」。

❷ 腓：音「肥」，掩蔽。古代以車戰為主，將帥乘車，步兵跟在車後前進。

❸ 翼翼：步伐整齊的樣子。

❹ 弭：音「美」，弓端受弦的地方。

❺ 魚服：用鯊魚皮製的箭袋。服，借為「箙」，盛箭的囊。

❻ 棘：音「激」，急。言來勢迅猛。

以上第五段，指出戰事頻繁、生活緊張的原因是由於敵人十分猖獗。

六

昔我往矣，	當初我開往前方，
楊柳依依。	楊柳呀依依飄蕩。
今我來思❶，	如今我返回家鄉，
雨雪❷霏霏❸。	大雪紛紛飛揚。
行道遲遲，	一路上慢慢走着，
載渴載飢。	感到又飢又渴。
我心傷悲，	我心裏充滿憂傷，
莫知我哀！	誰了解我痛苦的衷腸！

❶ 思：語氣助詞。

❷ 雨雪：下雪。雨，音「預」，用作動詞。

❸ 霏霏：音「非非」，雪花飛舞的樣子。

以上第六段，寫回鄉途中的景色和百感交集的心情。

【賞析】

　　這是《詩經》中的名篇，詩中人物的心態異常矛盾複雜：有矢志衞國與痛苦思家的矛盾；有戎馬倥傯、「一月三捷」與個人希求過安定生活的矛盾；最後尚有戰罷還鄉時百感交集，更由於離家已久，消息隔絕，不知家中情況而產生的應喜反悲的矛盾等等。但作者（「我」）平時表露的可能多是「敵愾」，「家愁」只是深藏心底，所以會有「莫知我哀」的感歎。這些矛盾交織的描繪，令詩中軍人的形象血肉豐滿，感情也特別真摯動人。

這首詩末段尤其膾炙人口。東晉的謝玄極其欣賞「昔我往矣」等四句，認為是《詩經》中最佳之作（《世說新語·文學》）。清代王夫之說，這是「以樂景寫哀，以哀景寫樂；一倍增其哀樂」的反襯法的典範（《薑齋詩話》）。不過據筆者看來，這四句的好處是，不但寫出了當年出征與現在歸來兩個不同季候的富有特點的景色，而且還以象徵手法，表達了這一「往」一「來」之間，詩中主人公在體能（可能包括年紀）、心境方面的巨大變化：當時年輕力壯，意氣風發，所向無前（有如春光爛漫）；現在卻是精疲力竭，年華逝去，百慮交煎（彷似歲暮嚴冬）。所以應當說，作者在這裏運用的主要還是對比（通過象徵以對比），而不是反襯的手法。

小雅

庭燎

【題解】

　　這是一首「早朝」詩，描述大臣們從深夜到黎明陸續齊集宮廷，準備朝見周王的情景。

【譯注】

一

夜如何其 ❶ ？	「夜色怎麼啦？」
夜未央 ❷ 。	「夜色正深。

庭燎 ❸ 之光。　　　　　　　「庭中的火炬明晃晃。」

君子 ❹ 至止 ❺，　　　　　　「君子們快來到了，

鸞 ❻ 聲將將 ❼。　　　　　　「聽見車子鈴兒叮噹響。」

❶　其：音「技」，語氣助詞，表疑問。

❷　未央：未中，未過半。一說，未盡。

❸　燎：音「遼」，又名大燭，即古代的火炬，置於庭院中用以照明，故名「庭燎」。

❹　君子：指上朝的公卿大夫或來朝的諸侯。

❺　止：語氣助詞。

❻　鸞：音「聯」，借為「鑾」，一種鈴，飾於顯貴者的車馬上。

❼　將將：音「槍槍」，鈴聲。

二

夜如何其？　　　　　　　　「夜色怎麼啦？」

夜未艾 ❶。　　　　　　　　「夜還未盡。

庭燎晣晣 ❷。　　　　　　　「庭中的火炬光閃閃。」

君子至止，　　　　　　　　「君子們快來到了，

鸞聲噦噦 ❸。　　　　　　　「聽見車子鈴兒響叮噹。」

❶　艾：盡，絕。

❷　晣晣：音「制制」，較微弱的光。由於夜色將盡，所以火炬的光芒漸形暗淡。

❸　噦噦：音「慧慧」，鈴聲。

三

夜如何其？	「夜色怎麼啦？」
夜鄉 ❶ 晨。	「天已黎明。
庭燎有 ❷ 輝 ❸。	庭中的火炬煙光閃。」
君子至止，	「君子們該來到了，
言 ❹ 觀其旂 ❺。	已看見他們的旗子了。」

❶ 鄉：同「嚮」。「嚮晨」指接近天明。

❷ 有：助詞。

❸ 輝：借為「熏」，煙光相雜的樣子。天色將明，所以看見火炬的煙氣。

❹ 言：助詞，無義。

❺ 旂：音「旗」，上繪蛟龍並飾有鈴鐺的旗子。

【賞析】

　　朱熹《詩集傳》說，這首詩是寫周王「將起視朝，不安於寢，而問夜之早晚」。所以有人認為作品主旨是讚揚周王「勤於視朝」。但從實際效果來看，讀者的注意力似更集中於宮廷夜色和朝會情景的描繪方面。較為特別的是，全篇設為問答的形式：「夜如何其」是周王問；「夜未央。庭燎之光」是侍臣答。「君子至止」兩句則是懸揣之辭 —— 周王的內心獨白，或喃喃自語。

　　王夫之《薑齋詩話》對「庭燎有輝」句極為歎賞，說：「鄉晨之景，莫妙於此。晨色漸明，赤光雜煙而靉靆，但以『有輝』二字寫之。唐人〈除夕〉詩『殿庭銀燭上熏天』之句，寫除夜之景與此彷彿，而簡至不逮遠

矣！」王氏的意思是，唐人之句是「取法乎上，僅得乎中」。但其實也有相反的情況。如蘇軾〈洞仙歌〉詞下闋：「……試問夜如何，夜已三更，金波澹、玉繩低轉。但屈指西風幾時來，又不道流年，暗中偷換。」以《詩經》成句入詞，似信手拈來，而另闢靈境，淡淡哀愁中，顯得風神搖曳。可算「奪胎換骨」之作。

小雅

鶴鳴

【題解】

　　這是別具一格的諷喻詩。通篇運用「比」、「興」手法，通過對魚、鳥、木、石、園林景色的描繪，說明對人或客觀事物應作全面了解，用其所長，而不要蔽於一隅之見。這對統治者如何制訂及施行其用人、治國的方略、政策，當會有所啟發。

【譯注】

一

鶴鳴于九皋 ❶，	白鶴在幽深的沼澤叫，
聲聞于野。	鳴聲傳遍四野。
魚潛在淵 ❷，	魚兒潛沒在深潭，
或在于渚 ❸。	有時在淺灘游動。
樂彼之園，	那可愛的園子裏，
爰 ❹ 有樹檀 ❺，	長着檀樹，
其下維 ❻ 蘀 ❼。	下面還有檡樹。
它山之石，	遠山的石塊，
可以為錯 ❽。	可以用作磨石。

❶ 九皋：九曲的大澤。九是虛數，言其曲折幽深。皋，音「高」，沼澤。

❷ 淵：潭。

❸ 渚：音「主」，沙洲，此指水中沙洲旁的淺灘。

❹ 爰：句首助詞，無義。

❺ 樹檀：檀樹。木質優良的香木。

❻ 維：表判斷。

❼ 蘀：借為「檡」（音「宅」），棘樹的一種，較矮小，但木質堅實。王引之《經義述聞》：「言在下者非無可用之才，在王之用之而已。」

❽ 錯：磨石。《毛傳》：「錯，石也，可以琢玉。舉賢用滯，則可以治國。」

二

鶴鳴于九皋，	白鶴在幽深的沼澤叫，
聲聞于天。	鳴聲傳到天上。
魚在于渚，	魚兒在淺灘游動，
或潛在淵。	有時潛沒在深淵。
樂彼之園，	那可愛的園子裏，
爰有樹檀，	長着檀樹，
其下維穀 ❶。	下面還有楮樹。
它山之石，	遠山的石塊，
可以攻 ❷ 玉。	可以琢磨玉器。

❶ 穀：音「谷」，樹名，又名楮（音「貯」），落葉亞喬木，樹皮可以製紙。

❷ 攻：琢磨。

【賞析】

　　這是「三百篇」中罕見的哲理詩，寫作技巧相當高妙。它將許多可此可彼、亦此亦彼、似此而實彼、或有此而亦有彼等等的事象駢列在一起，以期收到舉一反三、觸類旁通的效果，從而開拓心胸，啟迪思維，令人對事物的多樣性、複雜性、矛盾性加深了解。於是，在處理國家政務、社會事務或日常人際關係的種種問題時，可以有更多選擇餘地，更能揮灑自如、圓融無礙，以避免由單一、片面的思考所引致的煩惱不安，並且進而減少措置的失誤。

由於它全篇都使用譬喻手法，但所指為何，則始終沒有言明，所以包容性顯得極為廣泛。朱熹說：「〈鶴鳴〉做得巧，含蓄意思全不發露。」（《朱子語類》）王夫之說：「〈鶴鳴〉之詩全用比體，不道破一句，三百篇中創調也。要以俯仰物理而詠歎之，用見理隨物顯，唯人所感，皆可類通。」（《夕堂永日緒論》）便都是指這種特點而言。因此，大家盡可以根據自己的閱歷、體會去領略發揮，而不必為他人意見所囿。本篇的「題解」，也只是憑筆者的理解，試圖為讀者諸君做點「導夫先路」的工作，藉供參考而已。

小雅

祈父

【題解】

　　這是王室的禁衛軍在質問、詰責掌兵的武官，何以令自己常置身可憂、可悲之地（可能是條件艱苦，且充滿危機的邊境戰場），使自己不能過正常生活，好好奉養母親。

【譯注】

一

祈父 ❶！　　　　　　　　圻父！

予王之爪牙 ❷。　　　　　　我是堂堂的王家衛士。

胡轉予于恤 ❸，　　　　　　為何派我到艱危之地？

靡 ❹ 所止居 ❺！　　　　　　令我無處安身！

❶　祈父：即圻父，職掌軍事的卿。又稱司馬。父，音「苦」。

❷　爪牙：鳥獸用爪、牙做防衛和攻擊的武器，所以京城禁衛軍自比為「王之爪牙」。

❸　恤：憂慮。此指令人憂慮的地方。

❹　靡：音「美」，無。

❺　止居：居留。

二

祈父！　　　　　　　　　　圻父！

予王之爪士 ❶。　　　　　　我是堂堂的王家武士。

胡轉予于恤，　　　　　　　為何派我到艱危之地？

靡所底 ❷ 止！　　　　　　　令我無從安居！

❶　爪士：爪牙之士。

❷　底：音「止」，抵達，終止。

三

祈父，　　　　　　　　　　圻父，

亶 ❶ 不聰！　　　　　　　　你實在太糊塗！

胡轉予于恤，　　　　　　　為何派我到艱危之地？

有母之尸 ❷ 饔 ❸！　　　　　　令母親要自己操勞！

❶ 亶：音「坦」，實在。

❷ 尸：音「思」，主持。

❸ 饔：音「雍」，熟食。這裏指代家務勞動。

【賞析】

　　京城禁軍是用來拱衛國都、保護王室的，不能隨意徵調出征，「且自古兵政，亦無有以禁衛戍邊者」（方玉潤《詩經原始》），所以本詩作者要怨恨圻父「徵調失常」。

　　全詩三章，每章均以「祈父」這呼告語開頭，然後悻悻然加以詰問、指責，最後直斥其昏庸糊塗，激憤達至極點。各章以長短句配合運用，甚見力度。

小雅

無羊

【題解】

　　這是描寫牛羊蕃盛，祝頌年豐人旺的詩篇。寫景狀物，維肖維妙，反映了作者對事物觀察之精細和表現技巧之高超，是一首著名的「牧歌」。

【譯注】

一

誰謂爾無羊？　　　　　　　誰說你沒有羊？

三百 ❶ 維 ❷ 群。　　　　　一群三百頭。

誰謂爾無牛？	誰説你沒有牛？
九十 ❸ 其犉 ❹。	大牛九十頭。
爾羊來思 ❺，	你的羊兒來了，
其角濈濈 ❻。	角兒緊挨角兒。
爾牛來思，	你的牛兒來了，
其耳濕濕 ❼。	耳朵輕搖慢晃。

❶ 三百：虛數，言其多。

❷ 維：助詞，表判斷語氣。

❸ 九十：也是虛數，言其多（古人每以三或三的倍數表示這種意義）。

❹ 犉：音「唇」，七尺的大牛。一說，黃牛黑唇為「犉」。（均見《爾雅》）

❺ 思：語氣助詞。

❻ 濈濈：音「輯輯」，聚攏的樣子。或作「戢戢」。

❼ 濕濕：耳朵搖動的樣子。

第一段，描寫牛羊的眾多和牠們成群走動的情景。

二

或 ❶ 降于阿 ❷，	有的走下山坳，
或飲于池，	有的池邊喝水，
或寢或訛 ❸。	有的動彈有的睡。
爾牧來思，	你的牧人來了，
何 ❹ 蓑何笠，	披着蓑衣戴竹笠，
或負其餱 ❺。	有的背着乾糧袋。

三十 ❻ 維 ❼ 物 ❽，　　　　　牛羊毛色數十種，

爾 牲 ❾ 則 具 ❿。　　　　　你的祭牲全不缺。

❶　或：有的，分指代詞。

❷　阿：音「婀」，山曲隅，即山坳。

❸　訛：音「俄」，《玉篇》引作「吪」，動也。

❹　何：同「荷」，負荷，此指披戴。

❺　餱：音「侯」，乾糧。

❻　三十：言其多，虛數。

❼　維：助詞，表肯定語氣。

❽　物：類（《漢書・五行志》），這裏指牛羊的毛色種類。

❾　牲：犧牲，指祭祀用的牲畜。古代某些祭典對用牲的毛色有專門規定。

❿　具：齊備。

　以上第二段，生動描繪人、畜的各種動態。

三

爾 牧 來 思，　　　　　你的牧人來了，

以 ❶ 薪 ❷ 以 蒸 ❸，　　　領牠們分頭吃草料，

以 雌 以 雄 ❹。　　　　　讓牠們雌雄相交配。

爾 羊 來 思，　　　　　你的羊兒來了，

矜 矜 兢 兢 ❺，　　　　　擠擠挨挨往前走，

不 騫 ❻ 不 崩 ❼。　　　　整整齊齊不散群。

麾 ❽ 之 以 肱 ❾，　　　　牧人一揮手，

畢 ❿ 來 既 ⓫ 升 ⓬。　　　全上高地進欄圈。

❶ 以：連詞。

❷ 薪：指草薪，較粗的草料。用作動詞。

❸ 蒸：較細嫩的草料。也用作動詞。

❹ 雌、雄：均用作動詞，指區別雌雄，使之及時交配。

❺ 矜矜兢兢：緊密合群的樣子。《毛傳》：「以言堅強也。」矜、兢，音同為「京」。

❻ 騫：音「牽」，虧缺（《毛傳》）。

❼ 崩：離散。

❽ 麾：音「輝」，指揮。

❾ 肱：音「轟」，手臂。

❿ 畢：全部。

⓫ 既：盡。

⓬ 升：登高。《毛傳》：「升入牢也。」牢，養家畜的柵欄。

以上第三段，續寫牧人放牧情景。寫羊群，實已包括了牛群。

四

牧人 ❶ 乃夢：　　　　牧官於是做了個夢：
眾 ❷ 維魚矣，　　　　蝗蟲都變成魚兒了，
旐 ❸ 維旟 ❹ 矣。　　　龜蛇旗變鷹旗了。
大人 ❺ 占之：　　　　占夢官兒來推詳：
眾維魚矣，　　　　　蝗蟲變成魚兒了，
實維 ❻ 豐年；　　　　預兆定有豐收年；
旐維旟矣，　　　　　龜蛇旗變鷹旗了，
室家溱溱 ❼。　　　　家中進口又添丁。

❶ 牧人：官名，掌畜牧、供祭牲（《周禮·地官》）。與上文的「牧」身份、地位
　　不同。

❷ 螽：借為「螽」，即螽（音「終」），蝗蟲。據古代傳說，蝗蟲是由魚子變成，到
豐年水大又會再變為魚。今牧官有此夢，故為豐年之兆。

❸ 旐：音「兆」，畫着龜蛇的旗子。

❹ 旟：音「余」，畫着鳥隼的旗子。《周禮》：「州里建旟，縣鄙建旐。」州里人口多
於縣鄙，故「旐」變「旟」是添人進口之兆。

❺ 大人：占夢的官，太卜之屬。大，音「太」。

❻ 實維：表示加強肯定的語氣。

❼ 溱溱：音「津津」，眾多的樣子。或作「蓁蓁」。

第四段，寫牧官做了個吉祥的夢，預兆着年豐人庶、國泰民安的好景。

【賞析】

作者顯然十分熟悉畜牧生活和牛羊習性，所以「體物入微處，有畫手
所不能到」的地方。前三章的刻劃，精細傳神，儼然一幅《群牧圖》，比
起以描繪農村風光著稱的法國米萊（Millet）的名畫，實有過之而無不及。
末章以吉夢作結，奇情幻想，變化出新，在寫實中加進了浪漫色彩，更增
添了詩篇的情趣與魅力。

小雅

十月之交

【題解】

　　這是《詩經》中有具體創作年月可考的極少數詩篇之一。周幽王六年（公元前 776 年）十月初一日辰時（早晨七至九時），北中國發生日蝕。當時正是西周末期，災禍頻仍，政治黑暗腐敗，社會動盪不安，人民生活痛苦。詩人認為日蝕、地震等不尋常現象是上天示警，因而以之發端，痛斥那幫竊據高位的朝中奸佞的罪惡。

【譯注】

一

十月 ❶ 之交 ❷，	十月之初日月交，
朔月 ❸ 辛卯 ❹，	初一那天是辛卯，
日有食 ❺ 之 ❻，	發生了日蝕，
亦孔 ❼ 之醜 ❽。	景象兇險真可怖。
彼月而微 ❾，	上次月亮被蝕失清輝，
此日而微，	這回太陽又暗無光，
今此下民，	現在這下方小民，
亦孔之哀！	也真是可悲得很！

❶ 十月：指周曆，相當於夏曆八月。

❷ 交：指日月交會。日月交會在每月初一（朔日）。

❸ 朔月：即月朔，每月初一（陳啟源《毛詩稽古編》）。

❹ 辛卯：古人以干支記日，那天正好是辛卯日。

❺ 食：同「蝕」。

❻ 之：助詞。按，「有」古通「又」，但「日有食」意為「有日食發生」，並非「又再發生日食」之意。類似例子甲骨文多見。如《左傳‧昭公十七年》：「日有食之，天子不舉，伐鼓于社。」亦與此同。（參閱胡厚宣〈卜辭「日月又食」說〉，劉翔、陳抗、陳初生、董琨《商周古文字讀本》）

❼ 孔：十分。

❽ 醜：惡。古人認為日蝕是凶兆，故覺得醜惡可怖。

❾ 微：昏暗不明。指虧蝕。

第一段，先從日蝕不祥的景象寫起。

二

日月告凶，	日月顯示凶兆，
不用其行 ❶。	不按正軌運行。
四國 ❷ 無政，	四方沒有善政，
不用其良。	不能任用賢良。
彼月而食，	上次月亮虧蝕，
則維 ❸ 其常 ❹；	還算比較平常；
此日而食，	這回太陽虧蝕，
于 ❺ 何不臧 ❻！	唉，是多麼不吉祥！

❶ 行：音「恆」，道，指運行軌道。

❷ 四國：即四域，四方。指整個天下。

❸ 維：動詞，加強判斷語氣。

❹ 常：常度。按，周人以日為君道，月為臣道，所以對月蝕不如對日蝕那麼重視。《春秋》凡發生日蝕必有記載（共三十六次），月蝕則不予記載，便是這個緣故。但商代甲骨文則日月蝕都記載，且記有月蝕發生後進行祭神祈福活動的情況，如《小屯南地甲骨》726 片。可見商人、周人觀念有所不同。

❺ 于：同「吁」，歎詞（俞樾說）。

❻ 臧：音「髒」，善。

以上第二段，從天象聯繫到人事，指出當時小人當道，政治不良。

三

燁燁 ❶ 震 ❷ 電，	電光閃耀，雷霆轟鳴，

不寧 ❸ 不令 ❹。	兆頭不佳，天下不寧。
百川沸騰，	無數江河沸湧，
山冢 ❺ 崒崩 ❻。	山峰碎裂崩塌。
高岸為谷，	高高崖岸變深谷，
深谷為陵 ❼。	深深峽谷變山陵。
哀今之人，	可憐現今世上人，
胡憯 ❽ 莫懲 ❾？	為何竟不知自省？

❶ 爗爗：音「葉葉」，電光閃耀的樣子。

❷ 震：雷。

❸ 寧：安。

❹ 令：音「鈴」，善，美妙。古人認為雷擊電閃也是災異之象。《鄭箋》：「雷電過常，天下不安、政教不善之徵。」按，這也可能是描寫「地鳴」、「地光」之類的地震前兆。

❺ 冢：音「寵」，山頂（《毛傳》）。

❻ 崒崩：讀為「碎崩」，與上句「沸騰」相對成文（馬瑞辰說）。一說，「崒」借為「猝」，急、暴，言山冢猝然崩壞（王引之《經義述聞》），亦可通。

❼ 陵：大土山。以上四句寫大地震的可怕景象。據《國語‧周語》及《史記‧周本紀》載，周幽王二年（公元前 780 年），西周三川皆震，「三川（涇、渭、洛水）竭，岐山崩」。這裏疑即追述其事。

❽ 憯：音「慘」，借為「曾」，曾也，有竟然之意。

❾ 懲：戒，知所儆戒。

以上第三段，從日蝕又聯繫到地震，呼籲當權者及時猛省，改過自新。

四

皇父 ❶ 卿士 ❷，	皇父出掌卿士，
番 ❸ 維司徒 ❹，	番生出任司徒，
家伯 ❺ 維宰 ❻，	家伯出任太宰，
仲允 ❼ 膳夫 ❽，	仲允充當膳夫，
棸 ❾ 子內史 ❿，	棸子充當內史，
蹶 ⓫ 維趣馬 ⓬，	蹶氏任職趣馬，
楀 ⓭ 維師氏 ⓮；	楀氏任職師氏；
艷妻 ⓯ 煽 ⓰ 方 ⓱ 處 。	艷妻炙手可熱一起處高位。

❶ 皇父：是那人的字。他和以下六人，都是幽王竊踞高位、朋比為奸的執政大臣。父，音「苦」。

❷ 卿士：六卿之長，最高執政官。

❸ 番：音「婆」，是姓氏，名生，字匔，見西周〈番生殷〉、〈番匔生壺〉（郭沫若《兩周金文辭大系圖錄考釋》）。

❹ 司徒：六卿之一，掌管土地、人口，負責教化的官員。

❺ 家伯：是字。

❻ 宰：即太宰，又名冢宰，為天官之長。掌「建邦之六典」，以佐天子治邦國的官員。

❼ 仲允：是字。

❽ 膳夫：掌管天子膳食的官員。

❾ 棸：音「周」，姓氏。

❿ 內史：掌管爵祿、廢置等政務的官員，為天子左右手。

⓫ 蹶：音「貴」，姓氏。

⓬ 趣馬：掌管天子馬匹的官員。趣，音「醜」。

⓭ 楀：音「語」，姓氏。即西周〈叔向父毀〉之「叔向父禹」，叔向父是禹的字（郭沫若說）。

⓮ 師氏：掌管輔導王室、教育貴族子弟的官員，並負責朝儀得失事宜。一說，掌軍旅的武官（于省吾說）。

⓯ 艷妻：指周幽王的王后褒姒。

⓰ 煽：熾盛。指其恃寵擅權，氣焰囂張。

⓱ 方：並，一同。

以上第四段，描述、揭露朝中小人當道、狼狽為奸的情形。

五

抑 ❶ 此皇父，	唉，這個皇父，
豈曰不時 ❷？	豈敢說他不對？
胡為我作 ❸，	為何要我服役，
不即 ❹ 我謀？	不來找我商量？
徹 ❺ 我牆屋，	拆毀我圍牆、房舍，
田卒 ❻ 汙 ❼ 萊 ❽。	使田地全部丟荒。
曰予不戕 ❾，	還說「我沒坑害你們，
禮 ❿ 則然矣！	按規矩該是這樣！」

❶ 抑：通「噫」，歎詞。

❷ 時：是，善，正確。

❸ 我作：役作我，役使我。

❹ 即：就，靠近。按，作者亦為士大夫階層的一員，但地位較低，故也受皇父役使。

❺ 徹：通「撤」，拆毀。

❻ 卒：全部。

❼ 汙：音「烏」，低地積水。

❽ 萊：音「來」，田中長草。以上四句寫皇父看到政局不妙，便逼民遷徙，隨他搬到向邑去（見下文）。

❾ 戕：音「牆」，殘，傷。

❿ 禮：禮法，制度。

以上第五段，集中指責皇父的罪惡。

六

皇父孔聖 **❶**，	皇父真是十分「英明」，
作都 **❷** 于向 **❸**。	在向地建立城邑。
擇三有事 **❹**，	他選定三事大夫，
亶 **❺** 侯 **❻** 多藏 **❼**。	都是多財的富豪。
不憖 **❽** 遺 **❾** 一老 **❿**，	不肯留一位元老，
俾 **⓫** 守 **⓬** 我王。	讓他扶助我王。
擇有車馬，	挑選有車馬的貴族，
以居徂 **⓭** 向。	全遷往向邑居住。

❶ 聖：英明。這裏是反語譏諷。

❷ 都：城邑。

❸ 向：地名，在周東都王畿內，今河南省尉氏縣西南五十里。皇父在此築城以圖移家避禍。當時一些貴族置國家危亡於不顧，紛紛自謀後路，準備東逃（《國語·鄭語》）。

❹ 三有事：即司徒、司馬、司空三公（《鄭箋》）。西周〈衛盉〉、〈衛鼎〉等銘文作「參有嗣」：「嗣土」、「嗣馬」、「嗣工」。又稱「三事大夫」（〈小雅·雨無正〉）。

❺ 亶：音「坦」，誠然，實在。

❻ 侯：助詞，作用同「維」，加強肯定。

❼ 多藏：多財之人。藏，音「臟」，指積蓄的錢財。

❽ 懟：音「孕」，願意。《鄭箋》：「懟者，心不欲自強之辭也。」

❾ 遺：留。

❿ 老：指元老大臣。

⓫ 俾：使。

⓬ 守：保衛，匡助。

⓭ 徂：音「曹」，往。這句讀為「徂向以居」。

以上第六段，繼續斥責皇父的貪鄙自私。

七

黽勉 **❶** 從事，	我努力勤勉辦事，
不敢告勞 **❷**。	不敢訴說勞苦。
無罪無辜 **❸**，	沒犯錯誤、罪過，
讒口囂囂 **❹**。	壞話被說了不少。
下民之孽 **❺**，	世上人們的禍殃，
匪 **❻** 降自天，	並非降自上天，
噂沓 **❼** 背憎，	當面恭維，背後讒毀，
職 **❽** 競 **❾** 由人！	罪孽實由這些小人造成！

❶ 黽勉：努力。黽，音「敏」。

❷ 告勞：訴說辛苦。《鄭箋》：「雖勞不敢自謂勞，畏刑罰也。」

❸ 辜：音「姑」，罪。

❹ 囂囂：又作「警警」（音「熬熬」），讒言眾多的樣子。

❺ 孽：音「熱」，災害。

❻ 匪：通「非」。

❼ 噂沓：音「轉（陰上聲）踏」，相聚談說。噂，聚。沓，多言。這裏有「當面恭維討好」之意。

❽ 職：主（《毛傳》）。

❾ 競：逐，出力。朱熹《詩集傳》：「噂噂沓沓，多言以相說（悅），而背則相憎，專力為此者，皆由讒口之人耳。」

　　以上第七段，訴說自己的不幸境遇：工作非常勞苦，雖然已埋頭苦幹，但仍被眾多小人讒毀。

八

悠 悠 我 里 ❶，	我感到無限哀愁，
亦 孔 ❷ 之 痗 ❸。	心中十分痛苦。
四 方 有 羨 ❹，	四處都很優悠，
我 獨 居 ❺ 憂。	只有我在煩憂。
民 莫 不 逸，	人們無不圖自在，
我 獨 不 敢 休。	只有我不敢休息。
天 命 不 徹 ❻，	天命如此反常，
我 不 敢 效 我 友 ❼ 自 逸 ❽。	我哪敢學我的朋友自求安逸。

❶ 里：通「悝」，憂。

❷ 孔：十分。

❸ 痗：音「昧」，病，指痛苦。

❹ 羨：餘，餘暇。兼指身心閒適。

❺ 居：處。以上四句兩兩對比，說明許多人都自私自利，自求多福，全不以國事為念，只有自己一心一意效忠朝廷。

❻　不徹：不道，不按常規而行。指前面所述的種種災異。徹，道（《毛傳》）。郝懿行《爾雅義疏》：「徹之言轍，有軌轍可循。」

❼　我友：指作者的同僚。

❽　自逸：《尚書‧酒誥》：「不敢自暇自逸。」句意與此相仿。

　　第八段，詩人表示，在國難當頭的時刻，自己決不會像其他人般逃避、放棄，但謀私利，而要勇於承擔，盡自己的職責。

【賞析】

　　這首詩，根據詩中所言「日有食之」的時間推算，顯然作於周幽王時代。所以《詩序》正確指出：「〈十月之交〉，大夫刺幽王也。」

　　詩中所言的日蝕，發生在幽王六年十月一日辰時，即公元前七七六年九月六日上午七至九時。這是全世界關於日蝕這種自然現象有確切日期的最早、最可靠的一次記載，比巴比倫人的同類記載要早十三年（商代卜辭關於日、月蝕的記錄頗多，但都不知年月）。可見天文觀測術在中國發達甚早。

　　這首詩寫成後再過五年（公元前771年），周幽王就被犬戎殺死，平王東遷，西周淪亡。所謂「此日而食，于何不臧」，詩人真是「不幸而言中」了。

　　有人認為這首詩不是「刺幽王」，而是刺皇父，姚際恆《詩經通論》說：「皇父都向，即平王東遷之兆也，可感也乎！」又有人主張是「刺幽王后族太盛」（魏源《詩古微》、龔橙《詩本誼》）。究其實，這首詩的矛頭是直指以周幽王及其「艷妻」為中心的最高統治集團，包括皇父、番生、家伯、仲允、棸子、蹶氏、楀氏等一幫狐群狗黨在內。詩人對這幫禍國殃民的傢伙極表義憤，所以要把他們的名字一一列出，釘在歷史的恥辱柱上，使之永遠遭人唾罵。

小雅

蓼莪

【題解】

　　這是子女自傷不得終養父母的哀歌。所謂「樹欲靜而風不止，子欲養而親不待」（《韓詩外傳》），全篇感傷惻怛，幾至一字一淚，思親之情極為哀切。據詩中描寫來看，似為墓前哭奠時所唱。

【譯注】

一

蓼蓼者莪 **❶**，　　　　　　　高高的莪蒿——

匪 ❷ 莪 伊 ❸ 蒿 ❹。　　　　　哦，不是莪蒿，是青蒿。

哀 哀 父 母，　　　　　　　　可憐，可憐我的父母親，

生 我 劬 勞 ❺！　　　　　　　撫養我，十分辛勞！

❶ 詩題「蓼莪」是首句「蓼蓼者莪」的簡縮。蓼，音「陸」，蓼是植物高大的樣子。
　　者，作用同「之」。莪，音「俄」，即莪蒿，草本植物名，長於水邊。

❷ 匪：非。

❸ 伊：維，是。

❹ 蒿：指青蒿，多年生草本植物，長於原野或水邊。以上兩句描寫墓地所見，同時
　　也表現了詩作者極度哀傷時目光眊亂、看朱成碧的情景。

❺ 劬勞：勞苦。劬，音「渠」。

二

蓼 蓼 者 莪，　　　　　　　　高高的莪蒿──

匪 莪 伊 蔚 ❶。　　　　　　　哦，不是莪蒿，是牡蒿。

哀 哀 父 母，　　　　　　　　可憐，可憐我的父母親，

生 我 勞 瘁 ❷。　　　　　　　撫養我，辛苦憔悴。

❶ 蔚：音「尉」，即牡蒿，多年生草木植物。

❷ 勞瘁：因勞成病。瘁，音「睡」。

以上兩段即景起興，感念父母的辛勞。

三

缾 ❶ 之 罄 ❷ 矣，　　　　　　瓶子倒空了，

維罍 ❸ 之恥。	是大壺的羞恥。
鮮民 ❹ 之生，	孤苦的人活着，
不如死之久矣！	不如早死了好！
無父何怙 ❺？	失去父親，還有甚麼倚靠？
無母何恃 ？	失去母親，還有甚麼憑依？
出則銜 ❻ 恤 ❼，	出門去，滿懷憂傷；
入則靡至 ❽。	進門來，四顧茫然。

❶ 缾：音「瓶」，瓶子。

❷ 罄：音「慶」，盡。

❸ 罍：音「雷」，古代盛器，較瓶為大。這兩句比喻自己不能恪盡孝道，奉養父母，是很大的恥辱。

❹ 鮮民：孤獨無依的人。這裏指失去父母的人。鮮，音「蘚」。

❺ 怙：音「戶」，與下句的「恃」，同是「倚靠」的意思。

❻ 銜：音「咸」，含，懷在心裏。

❼ 恤：音「率」，憂。

❽ 靡至：無所至。朱熹《詩集傳》：「入則如無所歸也。」靡，音「美」。

以上第三段，抒發失去父母的哀傷。

四

父兮生我，	父親啊，生了我，
母兮鞠 ❶ 我，	母親啊，哺育我，
拊 ❷ 我畜 ❸ 我，	愛撫我，養活我，
長我育我，	餵大我，栽培我，

顧 ❹ 我復 ❺ 我，	照料我，呵護我，
出入腹 ❻ 我。	進出提攜抱着我。
欲報之 ❼ 德，	想報他們的大德，
昊天 ❽ 罔極 ❾！	上天卻不許可！

❶ 鞠：音「菊」，養。

❷ 拊：音「撫」，同「撫」。

❸ 畜：養。

❹ 顧：照管。

❺ 復：同「覆」，庇護。

❻ 腹：懷抱。

❼ 之：義同「其」，代詞。

❽ 昊天：廣大的天。昊，音「浩」。

❾ 罔極：言天意難測，或不近人情。罔，音「網」，無、沒有。極，準則。

以上第四段，深切懷念父母的撫育之恩。姚際恆云：「勾人淚眼全在此無數『我』字。」（《詩經通論》）

五

南山烈烈 ❶，	南山高又高，
飄風 ❷ 發發 ❸。	大風呼呼吹。
民莫不穀 ❹，	人們生活都稱心，
我獨何害 ❺？	為何偏偏我遭禍？

❶ 烈烈：借為「嶻嶻」，山高峻的樣子（陳奐《詩毛氏傳疏》）。

❷ 飄風：大風，或旋風。

❸ 發發：風聲。這兩句又是墓地所見。

④ 穀：音「谷」，善。指日子過得開心。

⑤ 害：受害，遭殃。

六

南山律律 ❶，	南山高巍巍，
飄風弗弗 ❷。	大風颯颯吹。
民莫不穀，	人們生活都稱心，
我獨不卒 ❸！	唯我終養父母都不成！

❶ 律律：義同「烈烈」。

❷ 弗弗：義同「發發」。

❸ 卒：終。指終養。

以上五、六兩段，哀歎自己不能終養父母。

【賞析】

　　這首詩的好處全在一片至情而出，卻能首尾照應，結構縝密，內容周備：前二章說父母劬勞；後二章說人子不幸；中間兩章，一寫無親之苦（與下文「人子不幸」呼應），一寫育子之艱（與上文「父母劬勞」相應），均備極沉痛。故方玉潤譽為「千古孝思絕作」，並說：「不必問其所作何人，所處何世，人人心中皆有此一段至性至情文字在，特其人以妙筆出之，斯成為一代至文。」（《詩經原始》）

小雅

大東

【題解】

　　詩題取自本詩第二章首句「小東大東」，意為東方的大小各國（朱熹《詩集傳》）。原來在西周初期，周族統治層內某些人曾聯合部分殷人遺族起來反叛，於是周公率兵鎮壓。自東征勝利佔領今山東一帶之後，周王室便進一步加強對東方地區的統治、控制，當地人要負擔苛重的貢賦和徭役，大量財富沿着周朝的國有公路，源源不絕地運往西方。東方各國人對此極表不滿。

　　這首詩據說就是由當時譚國一位大夫所作。譚國在今山東省歷城區東南，為殘存的殷人子姓國家，後來於魯莊公十年（公元前 684 年）為齊國所滅。除譚國外，當時山東一帶尚有許多小國，如姜姓的鄑、萊、紀、淳于等國，姒姓的杞、婁、諸等國，那些原是夏、商以來的封國，周初為

緩和東方人的反周情緒,所以暫時一仍其舊,未加改變(王獻唐《山東古國考》)。後來才予以蠶食鯨吞。

【譯注】

一

有 ❶ 饛 ❷ 簋 ❸ 飧 ❹ ,　　　　　盤中滿滿的佳餚,
有 捄 ❺ 棘 ❻ 匕 ❼ 。　　　　　舀以彎彎長長棘木匙。
周道 ❽ 如砥 ❾ ,　　　　　官路像磨石般平,
其直如矢 。　　　　　又如箭桿一般直。
君子所履 ,　　　　　貴族老爺在上面走,
小人 ❿ 所視 。　　　　　小民百姓在旁邊看。
睠言 ⓫ 顧之 ,　　　　　我回頭一望啊,
潸焉 ⓬ 出涕 ⓭ 。　　　　　止不住眼淚漣漣。

❶ 有:助詞。

❷ 饛:音「蒙」,盛滿的樣子。

❸ 簋:音「軌」,古代盛食物的器皿,圓口,兩耳。

❹ 飧:音「孫」,熟食。

❺ 捄:音「求」,長而彎曲的樣子。

❻ 棘:酸棗樹。

❼ 匕:音「鼻」,羹匙、湯勺之類。以上兩句用匙舀食物作比,暗示東國人被周王室榨取掠奪。

❽ 周道:周朝的大路,可直通西周王畿。二章「周行」(音「杭」)與此同。

⑨　砥：音「底」，舊讀「紙」，磨刀石。比喻官路的寬平。

⑩　小人：指平民百姓。

⑪　睠言：即睠然，反顧的樣子。睠，音「卷」。

⑫　潸焉：流淚的樣子。潸，音「山」。

⑬　涕：淚。朱熹《詩集傳》：「今乃顧之而出涕者，則以東方之賦役，莫不由是而西輸於周也。」

　　第一段，詩人望着西方貴族來往的大道，想到東方人身受的壓榨欺凌，不禁淒然下淚。

二

小東大東，	東方的大小各國，
杼柚 ❶ 其空 ❷！	織機上空空如也！
糾糾 ❸ 葛屨 ❹，	密緻的葛布鞋，
可以履霜 ❺；	可以踏寒霜；
佻佻 ❻ 公子，	衣冠楚楚的周公子，
行彼周行。	走在那官路上。
既 ❼ 往既來，	他們來來往往，
使我心疚 ❽。	使我心裏悲傷。

❶　杼柚：指織機。杼，音「柱」，梭，持緯線。柚，音「續」，又作「軸」，持經線。

❷　空：指織成的布帛已被搜刮一空。

❸　糾糾：音「九九」，糾結繚繞的樣子，此指鞋子縫得細針密縷。

❹　葛屨：葛布鞋。屨，音「句」。

❺　履霜：葛布鞋本夏天所穿，此言可以「履霜」，是指其做工細緻結實。

❻　佻佻：音「跳跳」，《韓詩》作「嬥嬥」，美好的樣子。此指衣裳鮮麗。

❼ 既:表已然。這裏兼作關聯詞語。

❽ 疚:音「究」,憂病。

以上第二段,寫東方各國幾乎已民窮財盡,而周王室貴族仍頻頻來去,不停搜掠。

三

有 ❶ 冽 ❷ 氿泉 ❸ ,	從旁湧出的寒泉水,
無浸穫 ❹ 薪 。	別浸泡砍下的柴薪。
契契 ❺ 寤 ❻ 歎 ,	傷心歎息難入睡,
哀我憚 ❼ 人 !	可憐我們受苦人。
薪 ❽ 是 ❾ 穫薪 ,	要用這砍下的柴薪,
尚可載也 。	還把它用車子載起。
哀我憚人 ,	可憐我們受苦人,
亦可息也 !	也該歇一歇啦!

❶ 有:助詞。

❷ 冽:音「列」,寒冷。

❸ 氿泉:從側面流出的泉水。氿,音「鬼」。

❹ 穫:斬刈。這兩句以柴薪不宜浸濕,比喻對勞苦的東方人不應過度摧殘。

❺ 契契:音「屑屑」,愁苦的樣子。

❻ 寤:醒着。

❼ 憚:音「但」,《魯詩》作「癉」,勞苦而致病。

❽ 薪:作動詞,「把……作柴薪」之意。

❾ 是:此,這些。

以上第三段,通過反覆設喻,說明東方人已被役使得精疲力竭,希望周貴族高抬貴手,與民休息。

四

東人之子，	東方各國的子弟，
職❶勞不來❷。	終年服役無人惜。
西人❸之子，	西方周人的子弟，
粲粲❹衣服。	穿着漂亮的衣裳。
舟人之子，	連船上人家子弟，
熊羆❺是❻裘❼。	也穿起熊皮襖。
私人❽之子，	甚至家奴的子弟，
百僚❾是試❿。	都可當官作吏。

❶ 職：專主。

❷ 來：同「勑」（音「睞」），慰勞（馬瑞辰說）。

❸ 西人：指來自西周王畿的人。

❹ 粲粲：鮮明華麗的樣子。

❺ 熊羆：用作前置賓語。羆，音「卑」，熊的一種，又名馬熊。

❻ 是：此。複指「熊羆」，兼作賓語前置標誌。

❼ 裘：皮衣。這裏用作動詞，「以……為皮衣」之意。這兩句專門寫在東方的「西人」中某一地位低下的階層。下兩句同。

❽ 私人：私家奴僕。

❾ 百僚：指各級官職。

❿ 試：用。本句句法與「熊羆是裘」相同。

以上第四段，以「東人」與「西人」對比，顯出雙方經濟、政治地位的懸殊。

五

或 ❶ 以 ❷ 其 酒 ，	有人只飲那醇酒，
不 以 其 漿 ❸ 。	不要那薄酒。
鞙 鞙 ❹ 佩 璲 ❺ ，	只佩帶珍貴的寶玉，
不 以 其 長 ❻ 。	不要那普通的長佩。
維 ❼ 天 有 漢 ❽ ，	天上有條銀河，
監 ❾ 亦 有 光 。	照人徒有光亮。
跂 ❿ 彼 織 女 ，	那叉開兩腳的織女，
終 日 七 襄 ⓫ 。	一天移動七次。

❶ 或：有的，分指代詞。這裏指「西人」。

❷ 以：用。此指飲用。

❸ 漿：薄酒。

❹ 鞙鞙：音「軟軟」，又作「琄琄」，佩玉的樣子。

❺ 璲：即「瑞」，一種珍貴的玉器。

❻ 長：指長佩，由一些小玉、石串成的佩飾，較普通。

❼ 維：句首助詞，無義。

❽ 漢：銀河。

❾ 監：同「鑑」，指以鏡照形。這兩句說銀河空有河名，卻不能照見人影。

❿ 跂：音「其」，《說文解字》引作「歧」，分岔之意。織女有三星，下兩星如兩足分立。

⓫ 襄：變更，移動。從旦至暮有七個時辰（自卯時到酉時），織女星每辰移動位置一次，七辰共變更七次，故云「七襄」（《鄭箋》、胡承珙《毛詩後箋》）。

以上第五段，前四句承接上文，寫「西人」生活的驕奢；後四句引起下文，歷數天上星宿的有名無實。姚際恆評道：「以下忽入天文志，光怪陸離，非人世所有。」（《詩經通論》）

六

雖則七襄，	雖然七次移動，
不成報❶章❷。	卻不能織成紋樣。
睆❸彼牽牛❹，	那明亮的牽牛星，
不以❺服❻箱❼。	也不能拉車載重。
東有啟明❽，	東邊有顆啟明星，
西有長庚。	西邊有顆長庚星。
有捄❾天畢❿，	長柄彎彎的天畢，
載⓫施⓬之行⓭。	卻張開在路上。

❶ 報：復，返回。織布時須緯線一來一往，才成紋理；現在織女星只一直向西移動，不向東來，所以說不能往返成章。

❷ 章：指布帛的紋理，也就是指布帛。

❸ 睆：音「浣」，星明亮的樣子。

❹ 牽牛：星名。

❺ 以：用。

❻ 服：負，駕。

❼ 箱：指車箱。

❽ 啟明：與下句「長庚」，都是金星的異名。早晨出現在東方，先日而出，叫「啟明」；黃昏出現在西方，後日而入，叫「長庚」。「庚」是接續、延續之意。

❾ 捄：長而彎曲的樣子。

❿ 天畢：星宿名，二十八宿之一，由八顆星組成，形狀像畢，故稱。畢，打獵用的長柄網。

⓫ 載：助詞，無義。

⓬ 施：張設。

以上第六段，指出天上的織女、牽牛和天畢諸星都是有虛名無實用，以「見出不合理的事無處不存在」（余冠英《詩經選譯》）。

七

維南有箕 ❶，	南邊有箕星，
不可以簸揚 ❷。	不能用來簸米糠。
維北有斗 ❸，	北邊有斗星，
不可以挹 ❹ 酒漿。	不能用來舀酒漿。
維南有箕，	南邊有箕星，
載翕 ❺ 其舌 ❻。	舌頭縮起似吞噬。
維北有斗，	北邊有斗星，
西柄之揭 ❼。	柄兒高舉向西方。

❶　箕：音「基」，星宿名，二十八宿之一，由四顆星組成，形狀底狹口寬，有如簸箕，所以詩人聯想到「簸米揚糠」的事。

❷　簸揚：用簸箕顛動米糧，揚去糠秕和灰塵。簸，音「播」。

❸　斗：指箕星北面的南斗星，由六顆星組成，形狀如斗（即「枓」，勺子），有柄。

❹　挹：音「泣」，舀取。

❺　翕：音「泣」，收斂。

❻　舌：指組成箕星的下面兩顆星。《史記・天官書・索隱》云：「箕為天口，主出氣。」古人認為它主口舌，故有此喻。

❼　揭：高舉。南斗的柄常指西方而上揚。

以上第七段，言箕星和南斗不但有名無實，而且還似助紂為虐，協助西人向東方吞噬、攫取。

【賞析】

前四章基本寫實,「將東國愁怨,與西人驕奢,兩兩相形」,已極為沉痛;後三章更馳騁想像,暢遊星空,歷數天上星宿的有名無實:銀河照不見人影,織女不會織布,牽牛不會拉車,天畢(網)星卻張設在路上,箕星不能用來簸米揚糠,斗星不能用來舀酒漿;不僅如此,箕星還似欲向東人吞噬,而斗星也像協助西人肆意搜刮……從而更進一步傾訴出困於沉重賦役的「大東小東」國人的填胸悲憤。

此詩的藝術性極為世人所稱道。吳闓生認為「『維天』以下,奇情異采,層見迭出」,「文情俶詭奇幻,不可方物,在〈風〉〈雅〉中為別調,開詞賦之先聲。後半措詞運筆,極似〈離騷〉,實三代上之奇文也」(《詩義會通》)。確實,以奇特的想像去抒寫鬱結的愁思,是本詩的特色,而這也正是屈子〈離騷〉所用浪漫手法的直接來源。人們往往以《詩》、《騷》並稱,說屈原繼承、發揚了《詩經》的傳統,這首詩便是有力的證據之一。

小雅

青蠅

【題解】

　　青蠅，即蒼蠅，這首詩以之比喻奸佞小人。詩人對其深惡痛絕，斥責他們搬弄是非，害人亂政，並呼籲治國者千萬不要聽信讒言。

【譯注】

一

營營 ❶青蠅，	嗡嗡飛舞的蒼蠅，
止于樊 ❷。	落在籬笆上。

豈弟 ❸ 君子，　　　　　　平易可親的君子，
無信讒言！　　　　　　　千萬別聽信讒言！

❶　營營：蒼蠅往來飛動的聲音。

❷　樊：音「凡」，籬笆。

❸　豈弟：音「凱剃」，同「愷悌」，平易近人。

二

營營青蠅，　　　　　　嗡嗡飛舞的蒼蠅，
止于棘 ❶。　　　　　　　落在酸棗樹上。
讒人罔 ❷ 極 ❸，　　　　　讒人極其缺德，
交亂四國 ❹。　　　　　　專門攪亂四方。

❶　棘：酸棗樹。

❷　罔：音「網」，無，沒有。

❸　極：準則。此指做人的道德標準。

❹　四國：指四方，即整個天下。如〈小雅‧十月之交〉：「四國無政，不用其良。」

三

營營青蠅，　　　　　　嗡嗡飛舞的蒼蠅，
止于榛 ❶。　　　　　　　落在榛子樹上。
讒人罔極，　　　　　　讒人極其缺德，
構 ❷ 我二人。　　　　　　離間我們兩人。

❶　榛：音「津」，落葉灌木或小喬木，果實叫榛子。

❷　構：搬弄是非，挑撥離間。

【賞析】

　　這首詩以金頭蒼蠅比喻讒人，以牠們飛動的嗡嗡聲比喻讒言，相當貼切生動。

　　蒼蠅既骯髒又無賴，到處鑽營，無孔不入，驅之復來，專門淆亂是非，玷污黑白，傳播疾病，不但無聊可厭，實在可怖可憎。千百年來，讒人亂政、讒害忠良的事不知凡幾，所以詩人特地以「青蠅」相比，歷數讒人之害，勸「君子」萬勿聽信讒言。這番忠告，對今天社會裏許多大大小小的當權者，仍不乏現實意義。

小雅

黍苗

【題解】

　　西周時候，周宣王（公元前 827 至前 782 年在位）移封其母舅申伯於謝地（今河南省唐河縣南），並命召穆公先行率眾為其修建城邑，以助鎮撫南方。這是營建謝邑竣工後詩人讚頌之辭。

【譯注】

一

芃芃 ❶ 黍苗，　　　　　　　蓬勃、茂盛的黍苗，

陰雨 ❷膏 ❸之。	有好雨滋潤它們。
悠悠南行，	南行的漫漫長路，
召伯 ❹勞 ❺之。	靠召伯撫慰他們。

❶ 芃芃：音「蓬蓬」，草木茂盛的樣子。

❷ 陰雨：綿綿細雨。

❸ 膏：用作動詞，滋潤。

❹ 召伯：指召穆公，姓姬，名虎。是召公奭的後代，周宣王時代的名將、賢臣。召，音「紹」。

❺ 勞：音「路」，慰勞。

二

我 ❶任 ❷我 輦 ❸，	我們背扛又拉車，
我車我牛。	有的用牛車運載。
我行 ❹既集 ❺，	此行任務已完成，
蓋 ❻云 ❼歸哉！	何不回家去休整呢！

❶ 我：詩人代築城者自稱。

❷ 任：負載。

❸ 輦：音「攆」，人力推挽的車。這裏用作動詞，指拉車運載。古人以牛牽拉的載重車，名為「大車」。《周易·大有》：「大車以載。」孔穎達《周易正義》：「大車，謂牛車也。」

❹ 行：音「恆」，指行役之任務（營建謝邑）。

❺ 集：完成。

❻ 蓋：借為「盍」，何不。用反詰語氣表肯定。

❼ 云：助詞，無義，用以協調音節。

三

我徒 ❶ 我御 ❷ ，　　　　　我們步兵或車兵，

我師我旅 ❸ 。　　　　　隊伍成旅又成師。

我行既集，　　　　　　此行任務已完成，

蓋云歸處 ❹ ！　　　　何不回家去休息！

❶　徒：步行者，指步兵。

❷　御：駕車者，指車兵。

❸　旅：古兵制五百人為一旅，五旅為師。

❹　處：居住，歇息。

四

蕭蕭 ❶ 謝功 ❷ ，　　　　宏偉的謝邑工程，

召伯營之。　　　　　　是召伯一手策劃經營。

烈烈 ❸ 征 ❹ 師 ❺ ，　　　威武的南行大軍，

召伯成之 ❻ 。　　　　　靠召伯統領完成使命。

❶　蕭蕭：整蕭貌。這裏形容工程之浩大壯觀。

❷　功：事。指營邑之事。

❸　烈烈：形容陣容盛大威武。

❹　征：行。

❺　師：眾，隊伍。

❻　成之：使之獲致成就。成，用作使動動詞。

五

原隰 ❶ 既平 ❷，	原野、窪地已經平整，
泉流既清。	泉水、河流都已澄清。
召伯有成，	召伯大功已告成，
王心則寧。	君王自然心安寧。

❶ 原隰：高平曰原，下濕曰隰。即高平的田野和低濕的窪地。隰，音「習」。

❷ 平：整治好。

【賞析】

　　召穆公虎是西周的良臣、名將，曾平定南方的淮夷（〈大雅・江漢〉和傳世金文〈召伯虎簋銘〉便是歌頌其事），在周宣王的「中興」事業中屢建殊勳。這首詩專門表彰他另一件業績 —— 奉宣王之命，為申伯經營謝城，建築宮室，平治土地，修築水利，使之成為鎮撫南國的重鎮。在召伯指揮下，士夫用命，經過艱苦卓絕的勞動，終於大功告成，了卻周宣王一件心頭大事。

　　由於詩歌以頌揚召伯為主，所以築城的經過只用了少許筆墨（集中在二、三章），勞動場面也不作鋪張描繪，而將主要筆墨放在一、四、五三章裏。首章頌揚召伯如化雨春風，在長途跋涉中善於撫慰隊伍，是工程順利開展的前提；四章頌揚其在營建過程中發揮了主腦、核心作用，堪稱領導有方；最後寫整個工程取得圓滿成功，令宣王深感滿意。全詩也就在一片對召伯的頌揚、讚美聲中結束。

小雅

隰桑

【題解】

隰（音「習」）桑，意為低窪地的桑樹。作者以桑喻人，盡情吐露對自己心上人的傾慕之情。「中心藏之，何日忘之」，愛得是何等深沉而熱烈喲！

【譯注】

一

隰桑有 ❶ 阿 ❷，　　　　　　　　窪地的桑樹長得美，

其葉有難❷。	桑葉密稠稠。
既見君子，	見到了我傾慕的人，
其樂如何！	心裏多麼快樂！

❶ 有：助詞。

❷ 阿：與下句「有難」的「難」（音「娜」）結合，是阿難（即婀娜）之意，形容美盛的樣子。

二

隰桑有阿，	窪地的桑樹長得美，
其葉有沃❶。	桑葉綠油油。
既見君子，	見到了我傾慕的人，
云❷何不樂！	心裏怎不快樂！

❶ 沃：潤澤有光的樣子。

❷ 云：句首助詞，無義。

三

隰桑有阿，	窪地的桑樹長得美，
其葉有幽❶。	桑葉青幽幽。
既見君子，	見到了我傾慕的人，
德音❷孔❸膠❹！	美好話語記心頭！

❶ 幽：借為「黝」（音「柚」），青黑色，「葉之盛者色青而近黑」（馬瑞辰說）。

❷ 德音：美好的聲譽或美好的話語。此指後者。

❸ 孔：很，十分。

❹ 膠：牢固。

四

心乎愛矣 ❶，	心中愛着他喲，
遐 ❷ 不謂 ❸ 矣？	怎麽不説出來呀？
中心藏之，	深深藏在心坎裏，
何日忘之！	哪一天能夠忘記！

❶ 乎、矣：均語氣助詞。

❷ 遐：通「何」，怎麽。

❸ 謂：告訴。屈原《九歌‧湘夫人》：「思公子兮未敢言。」便是表現同一種心態。

【賞析】

　　這首詩揉合了〈鄭風‧風雨〉和〈檜風‧隰有萇楚〉的表現手法，而在最後一段卻突破單純「複杳」的形式，另出新意，把主題加以昇華，給讀者留下美好難忘的印象。技巧上更勝一籌。

小雅

漸漸之石

【題解】

　　這是周朝將士奉王命東征，跋山涉水，經歷險遠，自歎勞苦的作品。末章雨景的描寫異常生動逼真。

【譯注】

一

漸漸 ❶ 之石，　　　　　　巉岩的山石，
維其 ❷ 高矣。　　　　　　是多麼高峻啊。

山川悠遠 ❸，	山長水又遠，
維其勞矣。	是多麼辛勞啊。
武人東征，	武士們東征，
不皇 ❹ 朝 ❺ 矣！	無暇計及日多少啊！

❶ 漸漸：音「饞饞」，借為「巉巉」，山石高峻的樣子。

❷ 維其：猶「何其」，表強調。

❸ 悠遠：遙遠。悠，遠。

❹ 不皇：同「不遑」，無暇之意。

❺ 朝：用作動詞，「點算時日」之意。下文「不皇出」、「不皇他」，句式與此同。

二

漸漸之石，	巉岩的山石，
維其卒 ❶ 矣。	是多麼險陡啊。
山川悠遠，	山長水又遠，
曷 ❷ 其沒 ❸ 矣？	何時到盡頭啊？
武人東征，	武士們東征，
不皇出 ❹ 矣！	無暇顧及脫險境啊！

❶ 卒：通「崒」，高而險的樣子（馬瑞辰說）。

❷ 曷：音「喝」，何。疑問代詞。

❸ 沒：盡（《毛傳》）。朱熹《詩集傳》：「言所登歷何時而可盡也。」

❹ 出：脫離。與「曷其沒」句呼應。胡承珙《毛詩後箋》：「山川長遠，何時可盡。則入險而不暇出險，軍行死地，勞困可知。」

三

有豕 ❶ 白蹢 ❷，	野豬白蹄子，
烝 ❸ 涉波矣。	成群涉水而過啊。
月離 ❹ 于畢 ❺，	月亮靠近畢星，
俾 ❻ 滂沱 ❼ 矣。	使得大雨滂沱啊。
武人東征，	武士們東征，
不皇他 ❽ 矣！	無暇顧及其他啊！

❶ 豕：音「始」，豬。

❷ 蹢：音「的」，蹄。

❸ 烝：音「蒸」，眾（《鄭箋》）。這兩句是描寫眼前實景。

❹ 離：靠近，附着。一作「麗」。

❺ 畢：二十八宿之一，共八顆星組成，狀如田獵用的長柄網。古代傳說認為，月亮接近畢宿，是大雨的徵兆。正因為大雨滂沱，才有「眾豕涉波」的現象。

❻ 俾：使。

❼ 滂沱：雨下得很大。

❽ 不皇他：朱熹《詩集傳》引張子云：「此言久役又逢大雨，甚勞苦而不暇及他事也。」

【賞析】

　　本詩共三章。頭兩章從時間之漫長和空間之廣闊去表現征行之久、征途之遠，對將士的勞苦作宏觀、概略的描述。末章集中刻劃大雨景象，用微觀特寫手法：月離畢，豬涉水，將士們則肯定是全身濕透，人困馬乏，

極為狼狽地掙扎於泥塗，所以已無暇顧及其他。作品通過點面結合的描寫，令東征將士的苦楚彷彿可感可見，他們的怨歎之聲也似乎清晰可聞。

小雅

苕之華

【題解】

　　這首詩反映荒年饑饉、民不聊生的淒慘景象，估計作於西周末期。

【譯注】

一

苕 ❶ 之華 ❷，　　　　　　凌霄花，
芸 ❸ 其黃矣。　　　　　　開得黃澄澄啊。

心之憂矣，　　　　　　　　　　心裏憂傷啊，

維其 ❹ 傷矣！　　　　　　　　是多麼的悲痛啊！

❶　苕：音「條」，即凌霄，又名陵苕，木本蔓生植物，花黃赤色，夏天開放。

❷　華：古「花」字。

❸　芸：音「雲」，黃色濃艷的樣子。王引之說：「言其盛，非言其衰。」(《經義述聞》)

❹　維其：義同「何其」，表強調。王引之說：「物自盛而人自衰，詩人所以歎也。」
　　這裏使用了反襯手法。

二

苕之華，　　　　　　　　　　　凌霄花，

其葉青青 ❶。　　　　　　　　　葉子一片青葱。

知我如此，　　　　　　　　　　早知我這樣活着，

不如無生！　　　　　　　　　　不如不出生更好！

❶　青青：同「菁菁」，葉子葱蘢茂密的樣子。

三

牂羊 ❶ 墳 ❷ 首，　　　　　　　母綿羊剩個大腦袋，

三星 ❸ 在罶 ❹。　　　　　　　魚簍裏只有星光。

人可以食，　　　　　　　　　　人們就算可糊口，

鮮 ❺ 可以飽！　　　　　　　　　又有誰能吃得飽！

❶　牂羊：母綿羊。牂，音「贓」。

❷ 墳：大。朱熹《詩集傳》：「羊瘠則首大。」可見飢餓之甚。

❸ 三星：即參星，二十八宿之一。

❹ 罶：音「柳」，捕魚的竹簍。朱熹云：「罶中無魚而水靜，但見三星之光而已。言饑饉之餘，百物凋耗如此。」

❺ 鮮：音「蘚」，少。

【賞析】

　　一、二章用反襯法，以凌霄花的繁茂鮮美對照人世的饑亂痛傷，所謂「以樂景寫哀」，使得倍增其哀。第三章是實寫，「牂羊」兩句，抓住具有典型意義的細節作重點描繪，給人留下深刻印象：「牂羊墳首，野無青草之故；三星在罶，水無魚鱉可知。生意盡矣！」（范家相《詩沈》）「苕華芸黃，尚未寫得十分深痛，至『牂羊墳首，三星在罶』真極為深痛矣，不忍卒讀矣！太平之日，雖堇茶亦如甘飴（按，參閱〈大雅・緜〉『周原膴膴，堇茶如飴』），饑饉之年，即稻蟹亦無遺種。舉一羊而陸物之蕭索可知，舉一魚而水物之凋耗可想。」（郝懿行、王照圓《詩說》）〈苕之華〉這種結構安排，和上篇〈漸漸之石〉前兩章用泛寫，後一章用特寫的表現方法，可謂同一機杼，而效果則各有千秋。

小雅
何草不黃

【題解】

這是〈小雅〉的最後一篇。以「何草不黃」起興，兼作比喻，怨歎征役不息，舉國勞瘁，自己遠行服役，受着非人待遇，四處奔波之餘，還得露宿曠野，與野獸為伍，生活簡直牛馬不如，是西周衰亂時期的「亡國之音」。《詩序》說：「〈何草不黃〉，下國刺幽王也。四夷交侵，中國（按，即『國中』、『域中』）背叛，用兵不息，視民如禽獸，君子憂之，故作是詩也。」除詩作者為誰可以商榷外，較恰切地揭示了本詩的寫作背景。

【譯注】

一

何草不黃？　　　　　　甚麼草兒不枯黃？

何日不行？　　　　　　哪一天不要奔忙？

何人不將 ❶，　　　　　甚麼人不用出行，

經營 ❷ 四方？　　　　　東西南北跑四方？

❶　將：行。《毛傳》云：「言萬民無不從役也。」馬瑞辰《毛詩傳箋通釋》云：「『何
　　日不行』，言日日行也；『何人不將』，言人人行也。」

❷　經營：指往來奔走。東西為經，南北為營。《後漢書・馮衍傳》「經營五山」李賢
　　注：「經營，猶往來。」

二

何草不玄 ❶？　　　　　甚麼草兒不枯萎？

何人不矜 ❷？　　　　　哪個人不當光棍？

哀我征夫，　　　　　　可憐我們行役者，

獨為匪民 ❸！　　　　　偏偏不被當人看！

❶　玄：與上章「黃」字組成「玄黃」一詞，是萎病的樣子，比喻征人之勞瘁。

❷　矜：音「關」，通「鰥」，無妻曰鰥；此言長期在外奔走，有妻等於無妻（《鄭
　　箋》）。一說，讀為「瘝」（音「鰥」），病也（馬瑞辰說）。

❸　匪民：非人。

三

匪 ❶兕 ❷匪虎，　　　　那些犀牛和老虎，

率 ❸彼曠野。　　　　在那曠野裏遊蕩。

哀我征夫，　　　　可憐我們行役者，

朝夕不暇！　　　　從早到晚無休歇！

❶ 匪：通「彼」。

❷ 兕：音「字」，雌性犀牛。

❸ 率：循，沿着。姚際恆說：「以兕、虎『率彼曠野』興征夫朝夕在途，與下以狐『率彼幽草』興棧車行於周道，同為一例語。」（《詩經通論》）意見十分正確。

四

有 ❶芃 ❷者 ❸狐，　　　　毛兒蓬鬆的狐狸，

率彼幽草 ❹。　　　　在那草叢裏出沒。

有棧 ❺之車 ❻，　　　　高高大大的車子，

行彼周道 ❼。　　　　在那官道走不停。

❶ 有：助詞。

❷ 芃：音「蓬」，毛茸茸的樣子。

❸ 者：用同「之」。

❹ 幽草：深草。幽，深。

❺ 棧：音「站」，通「橏」，高大的樣子（馬瑞辰說）。

❻ 車：指役車（《毛傳》），一種運載着器具、供服役用的大車。

❼ 周道：周朝的大路。

【賞析】

　　作品開頭用連串質疑性的設問，已表達出行役者對時世的悲觀和對當局的嚴重不滿。至「哀我征夫，獨為匪民」兩句，更以直接感歎的形式，宣洩心中極度憤懣、悲痛之情，掀起全詩高潮，令人讀來有驚心動魄的感覺。最後兩段是對「獨為匪民」的具體申說，也是對征夫所受種種非人道待遇的控訴。所謂「怨之至也，周衰至此，其亡豈能久待？」故「編《詩》者以此殿〈小雅〉之終」（方玉潤《詩經原始》）。

　　古人說：「亡國之音哀以思。」（《禮記‧樂記》）讀這首詩，我們可得到一次具體的印證。

大雅

緜

【 題 解 】

　　大雅是宮廷樂歌，用於較隆重的宴會、典禮。《詩經》有〈大雅〉三十一篇，基本是西周作品。

　　武王滅紂，建立商朝，是我國古史上一件大事，特別是通過小說《封神演義》的渲染，可說已經家喻戶曉了。但武王這赫赫功業的基礎，卻是由他父親 —— 文王及其曾祖父 —— 太王一手奠定的。〈緜〉這首史詩，就頌揚了兩位開基創業的人。

【譯注】

一

緜緜 ❶ 瓜瓞 ❷。	連綿不絕，大瓜連小瓜。
民之初生，	我們民族的發祥，
自土 ❸ 沮漆 ❹。	就在杜水、漆沮水流域。
古公亶父 ❺，	古公亶父率領族人，
陶 ❻ 復 ❼ 陶穴 ❽，	挖窰洞、地室安身，
未有家室 ❾。	那時還未有房屋居住。

❶ 緜緜：同「綿綿」，不絕的樣子。

❷ 瓞：音「秩」，小瓜。這句以瓜生的蔓延不絕，比喻周民族不斷發展。

❸ 土：《漢書·地理志》班固自注引詩作「杜」，為水名，渭水支流。

❹ 沮漆：二水名，合稱「漆沮水」，與杜水合流，注入渭水。杜、漆、沮均在今陝西省咸陽市西渭河北岸，周人始祖后稷，就建國於這一流域的邰（音「台」）地（今陝西省武功縣）。到后稷的曾孫公劉，為避夏桀的暴政，率族遷往邠（即「豳」，今陝西省旬邑縣西）。十傳至古公亶父，因受北方戎狄人（即秦漢時的匈奴）的逼迫，又率眾遷回這一流域的岐山腳下。由此奠定了周人發展、壯大，終至後來滅商的基礎。沮，音「醉」。

❺ 古公亶父：周文王的祖父。古公是稱號，亶父是名字；文、武稱王後，被追尊為「太王」。亶，音「坦」。

❻ 陶：借為「掏」。

❼ 復：《說文解字》引作「覆」（音「複」），地室。

❽ 穴：洞穴。

❾ 家室：又作「室家」，指居室。如《尚書·周書·梓材》：「若作室家，既勤垣墉。」

第一段，描述古公亶父（即太王）率族南遷，初到漆沮水流域的情況。

二

古公亶父，　　　　　　　　古公亶父，
來朝走馬，　　　　　　　　次日清晨驅着馬，
率 ❶ 西水滸 ❷，　　　　　　沿着西面漆沮河岸，
至于岐 ❸ 下。　　　　　　　一直走到岐山下。
爰 ❹ 及姜女 ❺，　　　　　　他帶着姜氏夫人，
聿 ❻ 來胥宇 ❼。　　　　　　來勘察建房的基址。

❶ 率：沿着。

❷ 滸：音「捂」，水邊。

❸ 岐：指岐山，在今陝西省岐山縣東北十里。沿漆沮水西行，可至岐山腳下。

❹ 爰：音「援」，於是。

❺ 姜女：指太王之妃，姓姜氏，又稱「太姜」。

❻ 聿：音「屈（陽入聲）」，句首助詞，無義。此有補足音節作用。

❼ 胥宇：相宅。指觀察地形，選擇興建房屋的基址。胥，音「須」，相，視。宇，居所。《尚書・洛誥》：「公不敢不敬天之休，來相宅。」又《尚書・召誥》：「惟太保先周公相宅。」句意均與此相仿。

以上第二段，寫古公亶父夫婦親自到岐山南麓考察地勢，選址建房。

三

周 ❶ 原膴膴 ❷，　　　　　　周地的原野多麼肥美，
堇 ❸ 荼 ❹ 如飴 ❺。　　　　　堇菜、苦荼甜得像糖。
爰始 ❻ 爰謀，　　　　　　　於是一起商量謀劃，

爰契 ❼ 我龜。	刻灼龜甲占一卦。
曰止曰時 ❽，	神意要我們「留下」，
築室于茲 ❾。	「就在此地建房子。」

❶ 周：岐山南面地名。周民族及後來的國號即以此得名。

❷ 膴膴：音「武武」，肥沃的樣子。按，「周」古文字作圖，像田地肥美之象。

❸ 菫：音「僅」，野菜名，味苦。

❹ 荼：音「途」，苦菜。

❺ 飴：音「移」，麥芽糖。

❻ 始：義同「謀」(馬瑞辰《毛詩傳箋通釋》)。

❼ 契：音「契」，用刀雕刻。刻龜是為了占卜。人們先將龜腹甲 (或牛胛骨) 加以鑽
　鑿，然後在所鑿處以火燒灼，根據裂紋推測神意，判斷吉凶。有時還將所問的事
　和占卜結果以文字記下來，刻在龜甲上，以備日後驗證，那便是「甲骨卜辭」。
　近年出土的「周原甲骨」，便是早期周人占卜的遺物。

❽ 止、時：都是占卜的結果。時，借為「𢥠」，與「止」同義 (王念孫《廣雅疏證》)。

❾ 茲：此。指周原。

以上第三段，描寫他們徵詢神意後，決定在周原興建房屋定居。

四

迺 ❶ 慰 ❷ 迺止，	於是安居下來，
迺左迺右，	於是區別左右，
迺疆 ❸ 迺理 ❹，	於是劃分疆界，整理田土，
迺宣 ❺ 迺畝 ❻。	挖好溝渠再種地。
自西徂 ❼ 東，	從西直到東，
周爰執事 ❽。	在周原上辛勤勞作。

❶　迺：即「乃」字，起關聯作用。

❷　慰：安居，與「止」同義（馬瑞辰說）。

❸　疆：用作動詞，劃分疆界。

❹　理：區分，整理。

❺　宣：洩。指挖掘排灌溝渠。

❻　畝：整治田畝。

❼　徂：音「曹」，往。

❽　周爰執事：此句讀為「於周執事」。周，指周原，賓語前置。爰，介詞，於。執事，即工作，幹活，做事。金文〈秦公鐘〉：「於秦執事。」句法與此略同。

以上第四段，敘述定居周原後，馬上整治田土，投入大規模生產勞作。

五

乃召司空 ❶，	於是召來司空，
乃召司徒 ❷，	於是召來司徒，
俾立室家。	讓他們負責建房子。
其繩 ❸ 則直，	繩墨測量先取直，
縮 ❹ 版 ❺ 以載 ❻，	再將模板樹起來，
作廟翼翼 ❼。	建座宗廟好氣派。

❶　司空：掌管興建營造的官員。

❷　司徒：掌管調配人役的官員。

❸　繩：指繩墨，用來測量取直。

❹　縮：束，捆縛。

❺　版：古代夯築土牆用的夾板。

❻　載：借為「栽」，樹立（馬瑞辰說）。古代築牆時，需兩旁樹立模板，再傾泥於其中，用杵搗擊使結實，稱為「版築」。

❼ 翼翼：莊嚴雄偉的樣子。按，據陝西周原考古隊〈陝西岐山鳳雛村西周建築基
址發掘簡報〉報道，近年在該處發現的西周宗廟遺址，「房基南北長 45.2 米，東
西寬 32.5 米，共計 1469 平方米。南北向，偏西北十度。以門道、前堂和過廊居
中，東西兩邊配置門房、廂房，左右對稱，佈局整齊有序」。其修建的程序是：
「在夯築成整座台基後，再挖去院子和門道的夯土，並把台基、院子四邊切齊，依
次完成開溝排水，挖洞立柱，築牆建屋的工序。房屋的隔牆大部用黃土以圓夯頭
分層夯築而成。」

　　以上第五段，描述委派官員在早周都城岐邑（今陝西岐山縣賀家鄉一帶）興建宗廟
宮室的情景。

六

捄 ❶ 之 陾陾 ❷，	盛土的聲音響仍仍，
度 ❸ 之 薨薨 ❹，	填土的聲音鬧轟轟，
築 ❺ 之 登登 ❻，	夯起土來登登登，
削 屢 ❼ 馮馮 ❽。	削起牆來嗙嗙嗙。
百 堵 ❾ 皆 興 ❿，	百堵牆同時興建，
鼛 ⓫ 鼓 弗 勝 。	助興的鼓聲也響不贏。

❶ 捄：音「居」，盛土於籠。

❷ 陾陾：音「仍仍」，盛土的聲音。

❸ 度：音「鐸」，投，裝填。指把土傾倒於板中。

❹ 薨薨：音「轟轟」，投土的聲音。

❺ 築：搗擊。

❻ 登登：搗土的聲音。

❼ 屢：借為「壘」，音「柳」，指牆上凹凸不平之處。馬瑞辰《毛詩傳箋通釋》云：
「削屢，即削去其牆土之隆高者，使之平且堅也。」

❽ 馮瑪：音「憑憑」，削牆的聲音。

❾ 堵：方丈為堵。《鄭箋》：「五版為堵。」

❿ 興：起。

⓫ 鼛：音「鼛高」，大鼓。《毛傳》：「長一丈二尺。或鼛或鼓，言勸事樂功也。」

以上第六段，描寫建築工地現場的緊張熱鬧氣氛。

七

迺❶立皋門❷，	建成了王都外城門，
皋門有伉❸。	城門是多麼雄偉。
迺立應門❹，	建成了王宮正門，
應門將將❺。	宮門是多麼莊嚴。
迺立冢土❻，	建成了大社祭土神，
戎醜❼攸❽行❾。	大家都前來告祭。

❶ 迺：即「乃」字。

❷ 皋門：王都的郭門。《毛傳》：「王之郭門曰皋門。」皋，音「高」，王都的外城門。

❸ 伉：音「抗」，高大雄偉的樣子。

❹ 應門：王都的正門。《毛傳》：「王之正門曰應門。」

❺ 將將：音「槍槍」，嚴正的樣子。

❻ 冢土：大社，即祭土地神的大壇。冢，音「寵」，大。

❼ 戎醜：大眾。戎，大；醜，眾（《毛傳》、朱熹《詩集傳》）。

❽ 攸：音「由」，所。

❾ 行：音「恆」，往。按，《毛傳》云：「起大事，動大眾，必先有事乎社而後出，謂之宜。」古代如國家有大事需要勞師動眾時，一定先告祭於土神（社），然後行動。

以上第七段，介紹陸續建成的各種主要建築物。

八

肆 ❶ 不 殄 ❷ 厥 ❸ 慍 ❹，　　　　對敵人的憤恨不消除，

亦 不 隕 ❺ 厥 問 ❻。　　　　文王的聲譽並無損。

柞 ❼ 棫 ❽ 拔 矣，　　　　　　柞棫等雜樹清除了，

行 道 ❾ 兌 ❿ 矣。　　　　　　道路暢通無阻了。

混 夷 ⓫ 駾 ⓬ 矣，　　　　　　昆夷倉惶逃跑了，

維 其 ⓭ 喙 ⓮ 矣。　　　　　　他們一蹶不振了。

❶　肆：音「試」，承上啟下之詞，有「所以現在⋯⋯」之意，但意義較虛。

❷　殄：音「天（陽上聲）」，滅，絕。

❸　厥：音「決」，其。指周文王姬昌。

❹　慍：音「溫（陰去聲）」，怒。

❺　隕：音「允」，墜落，喪失。

❻　問：通「聞」，聲譽。

❼　柞：音「昨」，灌木名，櫟樹的一種。

❽　棫：音「域」，又名白桵（音「銳（陽平聲）」），灌木名，叢生，有刺。

❾　行道：音「杭」，道路。

❿　兌：音「對」，開通。

⓫　混夷：即昆夷，古代種族名，又叫犬戎，屬西戎的一支。文王初年，周人常受其
　　侵擾，後國勢日盛才用武力把他們趕走。

⓬　駾：音「退」，奔突逃竄。

⓭　維其：何其，多麼。

⓮　喙：借為「瘵」（音「悔」），極度疲困。

以上第八段，寫文王繼承了太王的功業，振興周族，打敗並趕跑了外敵昆夷。

九

虞芮 ❶ 質 ❷ 厥成 ❸，	虞芮兩國結盟好，
文王蹶 ❹ 厥生 ❺。	文王感發其善性。
予曰 ❻ 有疏附 ❼，	我們有令疏者親附之臣，
予曰有先後 ❽，	我們有前後輔佐之臣，
予曰有奔奏 ❾，	我們有勤勉祭祀之臣，
予曰有禦侮 ❿。	我們有抵禦外敵之臣。

❶ 虞、芮：均姬姓古國名。虞國在今山西省平陸縣東北，芮國在今陝西省大荔縣東南。芮，音「銳」。

❷ 質：成。

❸ 成：相好，友好。

❹ 蹶：音「決」，動，啟發。

❺ 生：同「性」。《毛傳》云，虞、芮兩國君爭田，相約找文王評理，入周境後，被周人的禮讓之風深深感動，於是也互相謙讓起來，四周聞此而歸附文王的達到四十多國。

❻ 曰：助詞，無義。《楚辭》王逸注引作「聿」。

❼ 疏附：指率下親上，善於安撫、團結百姓和鄰近小國的大臣。

❽ 先後：指在國君近旁輔佐之臣。

❾ 奔奏：又作「奔走」，指從事外交活動、喻德宣譽的大臣。或指負責宗教祭祀的大臣（詳見本書第 290 頁〈周頌‧清廟〉「駿奔走在廟」句注）。

❿ 禦侮：指率兵抗敵的武臣。

以上第九段，頌揚文王的德政和朝中文武人才的鼎盛。

【賞析】

這是周民族的英雄史詩之一,敘述了周朝建立前,周民族發展壯大的歷史。

在商代末期(約公元前 1200 年),周人在古公亶父(太王)率領下,從豳地南遷到岐山南麓,佔領肥沃的渭河平原(今陝西扶風、岐山縣一帶),建立村落、城市和國家機構。古公亶父的兒子季歷進一步開拓疆土,逐漸消滅周圍的土著部落,向東方的渭河下游發展,成為商朝的勁敵。季歷的兒子姬昌,就是周文王,繼承了祖、父的遺願,更是雄心勃勃。他驅逐了昆夷,消除外患之後,便聯合虞、芮等友邦,企圖問鼎中原。這一宏圖偉業,終於由他兒子姬發(武王)在約公元前 122 年(武王即位之十三年)實現了。

這首詩側重謳歌太王的事跡,對自豳遷岐的經過敘之特詳,而文王事跡只用最後兩章作簡潔的描述。由此可見,周朝立國的基礎首先是由太王奠定的。

從章法來看,由對太王(前七章)到文王(後二章)的描述頌美之間,有較大的跳躍,其中若斷若續,手法空靈。而八、九兩章的末四句,都各用同樣結構的直陳句一氣貫注,排比而下,顯得甚有氣勢。兩者相結合,令這首詩具有中國傳統藝術美學主張的「密不透風,疏能走馬」的妙處。

大雅

靈台

【 題解 】

　　靈台，據傳是周文王時建築的一座用以遊觀和舉行祀典的台殿，故址在今陝西省西安市西，灃水河畔。靈是美稱，有「善」之意（《廣雅·釋詁》）。這首詩大概是慶祝靈台落成時演唱的樂歌。其中對園林池沼各種動物生態的描繪十分真切生動。

【譯注】

一

經 ❶ 始靈臺，　　　　　　　開始籌劃建靈臺，

經之營之，　　　　　　　精心設計，積極施工，

庶民攻 ❷ 之，　　　　　　民眾齊心併力幹，

不日 ❸ 成之。　　　　　　高臺很快便落成。

經始勿亟 ❹，　　　　　　原來的計劃並不急，

庶民子來 ❺。　　　　　　民眾踴躍來參與。

❶ 經：度，籌劃。

❷ 攻：做，營建。

❸ 不日：不多幾天。

❹ 亟：音「極」，急迫。

❺ 子來：「眾民各以子成父事而來」(《鄭箋》)。是說如兒子為父親工作一般，迅速、樂意地前來。

二

王在靈囿 ❶，　　　　　　君王在靈囿，

麀鹿 ❷ 攸 ❸ 伏，　　　　雌鹿悠然自躺臥，

麀鹿濯濯 ❹，　　　　　　雌鹿肥壯毛色亮，

白鳥 ❺ 翯翯 ❻。　　　　白鳥羽毛光閃閃。

王在靈沼 ❼，　　　　　　君王在靈沼，

於 ❽ 牣 ❾ 魚 躍 ！　　　　　　啊，滿池的魚兒在歡跳！

❶　靈囿：指周王畜養禽獸的園林。囿，音「又」。

❷　麀鹿：母鹿。麀，音「幽」。

❸　攸：音「由」，助詞，無義，起協調音節作用。

❹　濯濯：音「昨昨」，肥壯潤澤的樣子。

❺　白鳥：白鶴、白鷺之類。

❻　翯翯：音「學學」，潔白有光彩的樣子。

❼　沼：囿中的水池，當指辟廱的環水（詳見下一章）。今陝西灃河側有靈沼河。

❽　於：音「烏」，歎詞。

❾　牣：音「孕」，充滿。

<h2 style="text-align:center">三</h2>

虡 ❶ 業 ❷ 維 ❸ 樅 ❹ ，　　　　樂器架子上露崇牙，

賁 鼓 ❺ 維 鏞 ❻ 。　　　　　　大鼓大鐘一字兒排。

於 論 ❼ 鼓 鐘 ，　　　　　　　啊！鼓聲鐘聲旋律美，

於 樂 辟 廱 ❽ ！　　　　　　　啊！離宮一派樂融融。

❶　虡：音「巨」，懸掛樂器的木架子。

❷　業：虡上橫木安裝的大板。

❸　維：助詞，在此有連接作用。

❹　樅：音「忽」，業（大板）上刻的一排鋸齒，塗上彩色，用來懸掛樂器。又名「崇牙」。

❺　賁鼓：大鼓。賁，音「墳」。

❻　鏞：音「容」，大鐘。

❼　論：通「倫」，有秩序、有節度的樣子。這裏形容樂音和協有序。

⑧ 辟廱：周王離宮名（馬瑞辰引戴震《毛鄭詩考正》說）。廱，音「翁」。辟又作「璧」，廱又作「雝」、「雍」。據今人考證，「辟（璧）雍」是指環水及環於水中的土丘及其上的建築。合而言之曰璧雍，分而言之曰池與台，池即靈沼。池中丘上的建築有明堂、靈台等（陳夢家《西周銅器斷代》）。西周〈麥尊〉銘文：「王⋯⋯在璧盤（雝），王乘于舟為大豐（典禮名）。」即指其處。

四

於論鼓鐘！	啊！鼓聲鐘聲旋律美。
於樂辟廱！	啊！離宮一派樂融融。
鼉鼓❶逢逢❷，	鼉皮大鼓響蓬蓬，
矇瞍❸奏公❹。	盲人奏樂在宮中。

❶ 鼉鼓：鼉皮製的鼓。鼉，音「駝」，即揚子鱷。

❷ 逢逢：音「蓬蓬」，鼓聲。

❸ 矇瞍：都是盲人。有眸子而不見者叫矇，無眸子者叫瞍。古代樂師都以盲人擔任，因為他們聽覺敏銳，辨音力強。矇，音「蒙」。瞍，音「搜」。

❹ 公：指宮廷。如〈魯頌・有駜〉：「夙夜在公，在公飲酒。」

【賞析】

　　此詩借慶賀靈台落成而歌頌台的主人 —— 周文王。首章寫由於民眾樂助，所以營造迅速，比原先的計劃提前建成，以見周王之得民心。次章寫遊覽園林，鳥獸游魚都各適其性，悠然自得，以見周王之仁愛及物。末兩章寫離宮設樂，以助遊興（也可能是祭祀），充分表現太平氣象。

詩中描述的高台、園池、離宮，應當是位於文王所都的豐邑（今陝西省長安區灃河西側）附近，彼此互為呼應，聯成一個整體的建築群落（也就是「辟廱」）。所以全篇的結構實際十分緊湊，並無閒筆。後武王遷都鎬京（今灃河東側，昆明池遺址西北的洛水村、斗門鎮一帶，距豐京二十五里），也建有辟廱，在明堂中祀上帝與文王，故〈大雅·文王有聲〉有「鎬京辟雍」之句。

大雅

生民

【題解】

　　周族是發祥於中國西北黃土高原的一支古老的部族，其始祖據傳是姜嫄履上帝足跡所生的后稷。這首詩便是周人奉祀后稷的祭歌。詩中記述了他誕生、成長的神話傳說，頌揚了他發明穀物種植，領導周人以邰地為根基發展農業生產，令周族逐步壯大的傑出貢獻。

【譯注】

一

厥 ❶ 初生民 ❷，	最初生下我們周人，
時維 ❸ 姜嫄 ❹。	就是那位姜嫄。
生民如何？	我們周人怎樣誕生？
克 ❺ 禋克祀 ❻，	姜嫄虔誠祭祀天神，
以弗 ❼ 無子。	祓除不祥求生子。
履 ❽ 帝武 ❾ 敏 ❿ 歆 ⓫，	她踏着上帝足趾印，怦然心動，
攸 ⓬ 介 ⓭ 攸止 ⓮。	於是受神庇祐得賜福。
載 ⓯ 震 ⓰ 載夙 ⓱，	她懷了孕，小心謹慎，
載生載育，	生下孩子，養育長大，
時維后稷 ⓲。	便是我們始祖后稷。

❶ 厥：其。

❷ 民：人。指周族人。

❸ 時維：即是維、實維，表示加強肯定的語氣。

❹ 姜嫄：周民族始祖后稷的母親。姓姜，名嫄（也可能是謚號。《韓詩》作「原」，即取本原之意），傳說為有邰氏的女兒，帝嚳的妃子。嫄，音「原」。

❺ 克：能。

❻ 禋、祀：精潔、虔誠地祭祀。禋，音「因」，敬（《毛傳》）。

❼ 弗：借為「祓」（音「忽」），禳除不祥之祭。此指姜嫄祀禖（主生子之神）於郊。

❽ 履：踐踏。

❾ 武：足跡。

❿ 敏：通「拇」，腳大拇指。

⓫ 歆：動。言有所感應。一說，讀為「忻（欣）」（馬瑞辰《毛詩傳箋通釋》），高興。

⓬ 攸：助詞，這裏有連接作用。

⓭ 介：同「祄」，祐。

⓮ 止：同「祉」，福。這裏用作動詞，指獲得福祐。

⓯ 載：助詞，起連接作用。

⓰ 震：借為「娠」（音「身」），懷孕。

⓱ 夙：借為「肅」（音「叔」），謹慎。

⓲ 后稷：姓姬名棄，為傳說中周人的始祖。曾任堯舜時主管農事的「后稷」之官（「稷」為百穀之長），故後人稱為「后稷」。《史記‧周本紀》：「號曰后稷，別姓姬。」稷，音「即」。

第一段，寫姜嫄踩踏上帝足跡，感孕而生后稷。

二

誕 ❶ 彌 ❷ 厥 ❸ 月，	姜嫄懷孕足了月，
先生如達 ❹。	起先生下個羊胞胎。
不坼 ❺ 不副 ❻，	產門不破又不裂，
無菑 ❼ 無害。	母親安然無災害。
以赫 ❽ 厥靈，	如此這般顯威靈，
上帝不寧，	莫非上帝不安寧，
不康 ❾ 禋祀，	不滿意我的祭祀，
居然生子？	竟然讓我生怪子？

❶ 誕：句首助詞，無義。下同。

❷ 彌：音「眉」，滿。

❸ 厥：其。

④ 達：借為「羍」（音「達」），初生的羊。小羊羔初生，胞衣完具（俗稱「羊胞胎」），墮地之後，母羊才為牠弄破胞衣，故生產時容易。而人的嬰兒則胞衣先破，才脫離母體。現在后稷裹着胞衣出生，有如羊羔，故引起驚異（馬瑞辰《毛詩傳箋通釋》引陶元淳說）。

⑤ 坼：音「策」，裂開。

⑥ 副：音「僻」，分裂。

⑦ 菑：同「災」。

⑧ 赫：顯示。

⑨ 康：安，樂，最後四句是姜嫄疑懼的問話。

以上第二段，描述后稷初生時由於與普通嬰兒有異，所以引起姜嫄驚恐。

三

誕寘 ❶之隘 ❷巷，	把他扔在小巷裏，
牛羊腓 ❸字 ❹之。	牛羊庇護、愛撫他。
誕寘之平林 ❺，	把他扔在樹林裏，
會 ❻伐平林。	剛好有人來砍樹。
誕寘之寒冰，	把他扔在寒冰上，
鳥覆翼之。	鳥兒用翅膀孵育他。
鳥乃去矣，	鳥兒後來飛走了，
后稷呱 ❼矣；	后稷呱呱地啼哭了；
實 ❽覃 ❾實訏 ❿，	哭聲又長又響亮，
厥聲載 ⓫路。	整條路上都聽得見。

❶ 寘：音「智」，放，擱。

❷ 隘：音「嗌」，狹小。

③ 腓：音「肥」，隱蔽。

④ 字：愛（《毛傳》）。

⑤ 平林：平原上的樹林。

⑥ 會：適逢。這句說因為有人砍樹，怕被看見，所以沒有把后稷扔下。

❼ 呱：音「姑」，啼哭聲。按，這時胞衣破裂，所以才聽聞哭聲。

⑧ 實：助詞，是，有加強語氣作用。

⑨ 覃：音「譚」，長。

⑩ 訏：音「虛」，大。

⑪ 載：滿，充滿。以上三句寫后稷經鳥兒孵育，破胞衣而出。

以上第三段，描寫后稷被棄不死的種種靈異（所以后稷名「棄」）。

四

誕實❶匍匐❷，	后稷剛會地上爬，
克❸岐❹克嶷❺，	他便知情又識意，
以就❻口食。	能自己找尋吃食。
藝❼之❽荏菽❾，	他種植大豆，
荏菽旆旆❿，	大豆長得很豐茂，
禾役⓫穟穟⓬，	種下禾苗苗挺秀，
麻麥幪幪⓭，	麻麥茫茫蓋滿田，
瓜瓞⓮唪唪⓯。	大瓜小瓜連成串。

❶ 實：是。表示加強肯定。

❷ 匍匐：音「葡白」，爬，手足並行。

❸ 克：能。

❹ 岐：知意。

❺ 嶷：音「亦」，《說文解字》引作「嶷」，有識見。

❻ 就：靠近，尋求。《周易‧頤卦》：「自求口食。」

❼ 蓺：音「藝」，種植。

❽ 之：助詞，補足音節。

❾ 荏菽：大豆。荏，音「飪」，通「壬」，大（馬瑞辰說）。菽，音「淑」，豆類總稱。

❿ 旆旆：音「配配」，茂美的樣子。

⓫ 禾役：《說文解字》引作「禾穎」。穎，禾尖。

⓬ 穟穟：音「遂遂」，禾苗美好的樣子（《毛傳》）。

⓭ 幪幪：音「懵懵」，茂密的樣子。

⓮ 瓞：音「秩」，小瓜。

⓯ 唪唪：音「俸俸」，借作「菶菶」，果實纍纍的樣子。

以上第四段，讚揚后稷的早慧，以及種莊稼的特殊才能。

五

誕后稷之穡 ❶，	后稷種莊稼，
有相 ❷ 之道：	自有增產的好辦法：
茀 ❸ 厥豐草，	除去眾多雜草，
種之黃茂 ❹。	種下良種穀物。
實方 ❺ 實苞 ❻，	苗兒長得齊又密，
實種 ❼ 實褎 ❽，	莖桿粗壯節節高，
實發 ❾ 實秀 ❿，	發青抽條，揚花吐穗，
實堅實好，	籽粒堅實又飽滿，
實穎 ⓫ 實栗 ⓬。	禾穗沉沉大又多。
即 ⓭ 有邰 ⓮ 家室。	他就到邰地建家園。

❶ 穡：音「色」，指稼穡，種莊稼。

❷ 相：音「相」（陰去聲），幫助。相之道，指助其成長的方法。

❸ 莠：音「忽」，拔除，除去（《毛傳》、《方言》）。

❹ 黃茂：良種穀物。黃，嘉穀。茂，美（《毛傳》）。

❺ 方：整齊的樣子（《鄭箋》）。

❻ 苞：音「包」，稠密的樣子（《鄭箋》）。

❼ 種：借為「腫」，指苗莖增粗（孔穎達《毛詩正義》）。

❽ 襃：音「柚」，長高。

❾ 發：拔節。

❿ 秀：秀穗。

⓫ 穎：禾穗沉重下垂的樣子。

⓬ 栗：眾多的樣子。

⓭ 即：就，去。

⓮ 有邰：即邰，地名，在今陝西省武功縣西。相傳堯時后稷為農官，由於發展農業有功，所以被封在邰。那裏就成了周人最早的根據地。邰，音「台」。

以上第五段，介紹后稷因種植農作物取得良好成績，而被封於邰。

六

誕降嘉種：	上天賜降好穀種：
維秬 ❶ 維秠 ❷，	有黑黍秬，雙粒的秠，
維穈 ❸ 維芑 ❹。	紅苗的穈，白苗的芑。
恆 ❺ 之秬秠，	滿田種上秬和秠，
是 ❻ 穫是畝 ❼；	收割完畢堆地裏；
恆之穈芑，	滿田種上穈和芑，
是任 ❽ 是負 ❾。	抱着背着運回去。

以 歸 肇 ❿ 祀 。　　　　　　　　回家開始祭上帝。

❶　秬：音「巨」，黑黍。

❷　秠：音「丕」，黑黍的一種，一粒穀內有兩顆米。

❸　穈：音「門」，又名赤粱粟，初生時苗呈紅赤色的良種穀物。

❹　芑：音「起」，又名白粱粟，初生時苗呈白色的良種穀物。

❺　恆：借為「亙」，遍，滿，指遍植。

❻　是：此，指所種的穀物。作前置賓語。

❼　畝：用作動詞，「放在田畝」之意。

❽　任：抱。

❾　負：背。以上四句「互文見義」，是說到種滿秬、秠、穈、芑，收割後先堆放田
　　頭，再運回村裏。

❿　肇：始。

以上第六段，頌揚后稷發現、培植了許多良種穀物，使農業得到豐收。

七

誕我祀如何？　　　　　　　我們怎樣作祭祀？

或 ❶ 舂 ❷ 或 揄 ❸ ，　　　　有的舂米，有的舀米，

或 簸 或 蹂 ❹ ；　　　　　　有的簸糠，有的揉搓細；

釋 ❺ 之 叟 叟 ❻ ，　　　　　洗起米來聲嗖嗖，

烝 ❼ 之 浮 浮 ❽ 。　　　　　蒸起米來氣騰騰。

載 ❾ 謀 載 惟 ❿ 。　　　　　鄭重商量細考慮。

取 蕭 ⓫ 祭 脂 ⓬ ，　　　　　拿些香蒿塗脂油，

取 羝 ⓭ 以 軷 ⓮ ，　　　　　捉來公羊剝去皮，

載燔 ⑮ 載烈 ⑯，　　　　　　　　燒的燒，烤的烤，

以興 ⑰ 嗣歲 ⑱。　　　　　　　　祈求來年的好收成。

❶　或：有的。

❷　舂：音「中」，把東西放在石臼裏搗掉皮殼或搗碎。

❸　揄：音「由」，《說文解字》引詩作「舀」，指把米從臼中舀出。

❹　蹂：《說文解字》作「𢿘」，即今「揉」（音「柔」）字，指用手揉搓，使米細滑。

❺　釋：淘米。

❻　叟叟：音「手手」，淘米聲。

❼　烝：同「蒸」。

❽　浮浮：《說文解字》引作「烰烰」（音「浮浮」），熱氣上騰的樣子。

❾　載：助詞。

❿　惟：思考。

⓫　蕭：草名，即香蒿。

⓬　祭脂：祭牲（如牛、羊等）的脂油。

⓭　羝：音「低」，公羊。

⓮　軷：音「拔」，同「跋」，借為「撥」，謂撥除其皮（于省吾《雙劍誃詩經新證》）。
　　　一說，祭路神（《毛傳》）。

⓯　燔：音「煩」，燒。

⓰　烈：烤炙。

⓱　興：使興旺。

⓲　嗣歲：來年。嗣，音「字」。

以上第七段，寫豐收後舉行盛大祭祀以酬謝神恩的情景。

八

卬 ❶ 盛于豆 ❷，　　　　　　　　我把祭品盛盤裏，

于 ❸ 豆 于 ❹ 登 ❺。　　　　　盛在木盤和瓦登。

其 香 始 升。　　　　　　　它的香氣正升起。

上 帝 居 ❻ 歆 ❼，　　　　上帝安然來享用，

胡 ❽ 臭 ❾ 亶 ❿ 時 ⓫。　　「濃濃的氣味實在好。」

后 稷 肇 祀，　　　　　　　從后稷開始作祭祀，

庶 ⓬ 無 罪 悔 ⓭，　　　　幸好無罪無過失，

以 迄 ⓮ 于 今。　　　　　一直平安到如今。

❶　卬：音「昂」，我。

❷　豆：高足盛器，盛肉醬一類食物。

❸　于：是介詞，在。

❹　于：連詞，與（這種用法，甲骨文、西周金文多見）。

❺　登：古代陶製盛肉食器皿，形略似豆。字又作「登」。

❻　居：安。

❼　歆：音「音」，饗，享用。

❽　胡：大（《廣雅》）。

❾　臭：氣息。此指香氣。

❿　亶：音「坦」，誠然，實在。

⓫　時：善（《廣雅》）。《儀禮‧士冠禮》：「嘉薦亶時。」與此句句法相似。按，這
　　一句是上帝對祭品表示滿意的話。

⓬　庶：幸。

⓭　悔：指困厄，過失。

⓮　迄：音「屹」，到。

以上第八段，寫上帝安享祭品，庇庇后稷的後人。

【賞析】

　　《詩序》說:「〈生民〉,尊祖也。后稷生於姜嫄,文武之功起於后稷,故推以配天焉。」就是說,這是飲水思源,推尊后稷,把他和上天相配而加以祭祀的詩歌。就反映時代的先後來說,它比〈緜〉更早,是描寫周民族發祥的第一篇史詩。

　　后稷是周人的始祖,又是「五穀之神」,播百穀的發明者,僅次於「神農」的農神,因此,他的誕生,他的稟賦,他的功業,顯得與眾不同。本詩在敘述有關傳說時,充滿了奇異的神話色彩,令人讀來興味盎然。

　　有趣的是,這種始祖卵生,被棄不死,最後終成大業的靈異故事,不但流傳於周人中,也廣泛流傳於古代商族(如見於《詩經‧商頌‧玄鳥》的「天命玄鳥,降而生商」傳說)及後來的朝鮮族、滿族中,可見這是不少北方民族都共有的神話傳說。而其中反映的那種「只知有母,不知有父」的蒙昧狀況,足以證明,當時人們還生活於以女性為中心的母系氏族的原始社會中。而從后稷開始,社會步入了一個新階段 —— 農耕時代,也是以男性為中心的父系氏族的時代。這首詩除了藝術上的生動描繪足資鑑賞外,還為我們提供了見證人類歷史這一重大遷變的早期傳說資料,所以值得珍視。

大雅

泂酌

【題解】

　　《詩序》說：「〈泂酌〉，召康公戒成王也。言皇天親有德，饗有道也。」但細審詩意，並無確實證據。所以我們大可以靈活一點，把它理解為頌揚中含勸誡的作品，而對象則是某一位周王。詩中說，只要君主能普施仁德，做到人盡其才，物盡其用，便可以令百姓親附，天下歸心，國家也就「長治久安」了。

【譯注】

一

泂酌 ❶ 彼行潦 ❷，	遠遠舀來那流潦水，
挹 ❸ 彼注茲 ❹，	從那裏舀來灌這裏，
可以饙 ❺ 饎 ❻。	可以蒸飯釀酒煮美食。
豈弟 ❼ 君子 ❽，	和樂可親的君子，
民之父母。	民眾敬愛你如父母。

❶ 泂酌：從遠處汲取。泂，音「迥」，遠。酌，音「桌」，舀取。

❷ 行潦：流水。潦，音「老」，雨水，積水。

❸ 挹：舀取。

❹ 茲：此。

❺ 饙：音「芬」，蒸飯。

❻ 饎：音「熾」，酒食。這裏用作動詞，指製備祭祀用的酒食。一說，饎為祭名（郭沫若說）。

❼ 豈弟：音「凱替」，同「愷悌」，和樂可親，平易近人。

❽ 君子：這裏指周王。

二

泂酌彼行潦，	遠遠舀來那流潦水，
挹彼注茲，	從那裏舀來灌這裏，
可以濯 ❶ 罍 ❷。	可用來洗淨酒罈子。

豈弟君子，　　　　　　　　　和樂可親的君子，

民之攸 ❸ 歸。　　　　　　　民眾都來歸附你。

　❶　濯：音「昨」，洗滌。

　❷　罍：音「雷」，古代一種較大的盛酒器，類似酒罈。

　❸　攸：音「由」，所。

三

泂酌彼行潦，　　　　　　　　遠遠舀來那流潦水，

挹彼注茲，　　　　　　　　　從那裏舀來灌這裏，

可以濯溉 ❶。　　　　　　　　可用來洗淨酒瓶子。

豈弟君子，　　　　　　　　　和樂可親的君子，

民之攸墍 ❷。　　　　　　　　你是民眾的好歸依。

　❶　溉：借為「概」，一種盛酒的漆樽（王引之說）。

　❷　墍：音「戲」，安息。

【賞析】

　　這首詩雖然屬於「大雅」，但體格則近「國風」。篇幅雖短，而含意
頗深。每章前三句都用比興，後兩句才是稱頌、告誡之辭。流水儘管在遠
處，但都能專程取來派上各種用場，這種「不遺在遠」的精神，不正是君
主「愛民若子，一體同視」的「仁德」表現嗎？而只要施政者有此慈祥愷
悌之念，下民百姓就自然會有親附來歸之誠：這便是詩作者打算傳達的主

要信息。所以方玉潤《詩經原始》認為：本篇「詞若褒美而意實勸誡」，非一般泛泛的恭維之作可比。而能夠用這樣常見的事物作比方，三言兩語便說明一番馭民治國的大道理，作者驅遣文字的本領，也實在非同一般。

周頌

清廟

【 題 解 】

　　周頌，是周朝的頌歌，部分（無韻的）作於西周初年。《詩經》有〈周頌〉三十一篇。

　　清廟，意為清靜莊嚴的宗廟。這是在周王祭祀祖先的典禮上演唱的樂歌。讚揚參與祭祀的人們之恭謹勤勉，祈求祖宗神靈永加庇祐。

【 譯 注 】

於 ❶ 穆 ❷ 清 ❸ 廟 ！　　　　　啊，美好莊嚴的宗廟！

肅 雝 ❹ 顯 ❺ 相 ❻ ，　　　　　顯貴的助祭者恭敬謙和，

濟濟 ❼ 多士 ❽，　　　　　眾多參祭者整齊有序，

秉 ❾ 文之德 ❿，　　　　　他們秉持優良的品德，

對越 ⓫ 在天，　　　　　　報答、稱揚文武在天之靈，

駿 ⓬ 奔走 ⓭ 在廟。　　　　不斷勤勉祭祀廟中的先人。

不顯 ⓮ 不承 ⓯，　　　　　祖宗的榮光永遠顯耀，

無射 ⓰ 於人斯 ⓱！　　　　請保祐我們喲，不要厭棄！

❶　於：音「烏」，歎詞。

❷　穆：美。

❸　清：整潔安靜。

❹　肅雝：肅敬和順。雝，音「雍」。

❺　顯：顯耀。指地位尊貴，如諸侯、公卿之類。

❻　相：音「相（陰去聲）」，助祭的人。

❼　濟濟：音「仔仔」，整齊的樣子。

❽　多士：指眾多的參祭者。

❾　秉：音「丙」，執持。

❿　文之德：即文德，猶明德。對德行的美稱。如《國語‧周語》：「昭顯文德。」金
　　文〈虢叔旅鐘〉：「穆穆秉元明德。」舊說指文王之德，誤（于省吾《雙劍誃詩經
　　新證》）。

⓫　對越：猶「對揚」（金文多見），指答謝、稱揚。如〈大雅‧江漢〉：「虎拜稽首，
　　對揚王休。」王引之《經義述聞》云：「揚、越一音之轉。」「言對揚文，武在天
　　之神也。」

⓬　駿：大也，長也。如金文〈頌鼎〉：「眈（駿）臣天子。」言永遠臣服於天子（郭
　　沫若《兩周金文辭大系圖錄考釋》）。

⓭　奔走：勤勉恭謹之意，為周代常用語，多與祭祀有關。如金文〈周公設〉：「克奔
　　走上下帝，無終命於有周追孝。」

⓮　不顯：同「丕顯」，光耀之意。不，通「丕」，大。

⓯　承：繼續，接續。

⓰　射：音「亦」，通「斁」，厭倦。

⓱　斯：語氣詞。「無射於人」即「對人無厭」，乃主動句，非被動句，是求神保祐的用語。如金文〈師詢敦〉：「肆皇帝亡（無）斁，臨保我有周。」（按，「皇帝」指上帝，「皇」為美稱）〈毛公鼎〉：「肆皇天無斁，臨保我有周。」都是祈求上天永遠庇祐周朝之意。

【賞析】

　　這是〈周頌〉的第一篇，所謂「四始」之一（詳見本書第 2 頁〈周南·關雎〉的「題解」）。特點是全首無韻。它和一般散文的區別，主要通過吟唱時以特定的節奏和抑揚聲調表現出來，感情也顯得較為激切（如開頭的「於穆清廟」和結束的「無射於人斯」，都用了感歎句）。這正是原始詩歌的特徵。

　　《詩經》共有九首完全不押韻的詩篇，另有數首則部分無韻，它們全部集中在〈周頌〉，應產生於西周前期。可見〈周頌〉是《詩經》裏年代最早的一批作品。而西周的早、中期正是中國詩歌從無韻走向有韻，也就是從原始詩歌向古典詩歌遞嬗、演變的時期（商代甲骨文未發現押韻現象。而金文的韻文要到西周中、晚期才出現，和〈周頌〉情況相合）。在中國韻文史上，這是值得大書一筆的。

周頌

天作

【 題解 】

　　這是祭祀岐山的樂歌。岐山在今陝西省岐山縣，是周民族重要的發祥地。周人加以祭祀，有不忘所自之意。《詩經原始》引季明德說：「《易·升卦》六四爻曰：『王用享于岐山。』則周本有岐山之祭。」正可與此詩互相印證。

【 譯注 】

天作 ❶ 高山 ❷，　　　　　上天生成高高的岐山，
大王 ❸ 荒 ❹ 之。　　　　　太王首先開墾了它。

彼作❺矣，　　　　　　　太王把岐山整治之後，

文王❻康❼之。　　　　　文王又繼承了他的事業。

彼徂矣岐❽，　　　　　　那險阻的岐山，

有夷❾之行❿。　　　　　從此有了平坦的道路。

子孫保之！　　　　　　　子子孫孫定要永遠保有它！

❶ 作：生成。

❷ 高山：指岐山。山形如柱，故又名「天柱山」。

❸ 大王：即太王，周文王祖父古公亶父的尊號。他率領族人從豳地（今陝西省旬邑
縣）遷移到岐山下的周原，開荒種植，大興土木，廣建宮室，奠定了周王國發展
壯大的根基。文、武稱王後，被追尊為「太王」，在周人宗廟裏被奉為周朝始祖，
首加祭祀。大，音「太」。

❹ 荒：墾荒，拓荒（方玉潤引輔廣說）。

❺ 作：整治，墾闢。甲骨文有「令尹作大田」和「弜令尹作大田」（《甲骨文字綴合》
36 片）之句，正是開墾、治理田地的意思。

❻ 文王：周文王姬昌。

❼ 康：借為「賡」，繼續。如西周〈天亡簋〉銘文：「文王監在上，不（丕）顯王乍
省（相），不（丕）肆王乍賡（賡）。」賡，即指繼承其事業。

❽ 彼徂矣岐：這句《後漢書·西南夷傳》引作「彼徂者岐」。徂，借為「岨」（音
「追」），山勢不平的樣子。者，助詞，作用同「之」，作定語的標誌。句例與「彼
茁者葭」（〈召南·騶虞〉）相同。這句一般釋為「彼徂矣，岐有夷之行」。實誤。

❾ 夷：平。

❿ 行：音「杭」，道路。

【賞析】

〈周頌〉的詩全部不分樂章，這首也一樣。它前六句以「荒」、「康」、「行」隔句押古陽部韻（據王力《詩經韻讀》），末句不押韻，還保持着原始詩歌向古典詩歌過渡的痕跡。

全詩憶述岐山開發的歷史，頌揚太王、文王的功績。最後勉勵後世子孫要「繩其祖武」，永遠保持、鞏固王業的根基，切勿失墜。

周頌

噫嘻

【題解】

　　噫嘻，是歎美之聲。這首詩頌揚周成王（姬誦）關心農事，描述他在虔敬祭祀之後，便督責農官率領農夫努力耕種。從中反映了周初統治者對農耕的重視以及農業生產規模之巨大，耕作場面之壯觀。

【譯注】

噫嘻成王！	啊，成王！
既昭假 ❶ 爾 ❷。	已作了虔誠的祭祀。

率時 ❸ 農夫，　　　　　　「快率領這些農夫，

播厥 ❹ 百穀。　　　　　　播種那種種穀物。

駿 ❺ 發爾 ❻ 私 ❼，　　　大力開墾你們的田地，

終 ❽ 三十里 ❾。　　　　　直到方圓三十里。

亦 ❿ 服 ⓫ 爾耕，　　　　你們要努力耕種，

十千維 ⓬ 耦 ⓭。　　　　上萬人一對對地勞動。」

❶ 昭假：虔誠祭祀。昭，明，言明白地表示自己的誠敬。假，音「格」，借為「格」，至，使心意上達於神，即祭告之意。《詩經》中凡言「昭假」，都指祭祀而言（戴震、王先謙說）。如〈大師盧豆〉銘文：「用邵（昭）洛（格）朕文祖考。」〈魯頌·泮水〉：「昭假烈祖。」皆可證。

❷ 爾：語助詞。

❸ 時：同「是」，此，指示代詞。從這句開始，以下都是成王的訓誡。

❹ 厥：其，那。指示代詞。

❺ 駿：大（詳見本書第 290 頁〈周頌·清廟〉注）。

❻ 爾：人稱代詞，你，你們。

❼ 私：民田（《毛傳》）。

❽ 終：盡。

❾ 三十里：據《周禮·地官·遂人》「夫一廛，田百畝」計算，萬夫所耕之地約三十三方里，言「三十」是舉其成數（《鄭箋》）。

❿ 亦：助詞（王引之《經傳釋詞》）。

⓫ 服：事，從事（金文多見）。

⓬ 維：助詞。

⓭ 耦：音「偶」，兩人各持一耜（狀似犁的古代農具），並肩耕作。

【賞析】

　　每年春耕開始，古代帝王要舉行一種象徵性的親耕儀式，寓有勸農之意，這種隆重的儀式稱為「籍田」。西周〈令鼎〉銘文便有「王大耤（籍）農于諆田」的記載。這首無韻詩可能便是用在「籍田」儀式上演唱的；但也可在「春夏祈穀於上帝」時，作祭神的樂歌。本詩內容表明，當時「土地是國家的所有，作着大規模的耕耘。耕田者的農夫是有王家官吏管率着的。這情形和殷代卜辭裏面所見的別無二致」（郭沫若《青銅時代》）。

　　由此我們還可了解到，〈齊風‧東方未明〉中，「折柳樊圃，狂夫瞿瞿」的所謂「狂夫」，到底是怎樣一種職責、身份的人物。

　　另外，根據本詩的創作年代推斷，至少到周成王（武王之子）時，漢語詩歌還是無韻的。這又證明，在中國，從原始詩歌到古典詩歌的嬗變，確是發端、完成於西周的早、中期。

周頌

武

【題解】

　　這是歌頌武王伐紂赫赫功業的樂歌。《左傳·宣公十二年》載楚子云:「武王克商,作〈武〉,其卒章曰『耆定爾功』。」便是指這首詩。舊說又謂這是當時所作大型樂舞《大武》之樂的第一曲。總之,據詩句內容考訂,此篇確屬西周初年的作品無疑。

【譯注】

於 ❶ 皇 ❷ 武王!	啊,偉大的武王!
無競 ❸ 維 ❹ 烈 ❺。	你的功業無與倫比。

允 ❻ 文 ❼ 文 王，　　　　　　文王確有超卓品德，

克 ❽ 開 厥 後 ❾。　　　　　　能為子孫開創基業。

嗣 ❿ 武 ⓫ 受 之 ⓬，　　　　武王你繼承了文王衣鉢，

勝 殷 遏 ⓭ 劉 ⓮，　　　　　戰勝殷商，制止虐殺，

耆 ⓯ 定 ⓰ 爾 功。　　　　　終至達成你的大功勳。

❶　於：音「烏」，歎詞。

❷　皇：大。

❸　無競：無比。競，比並。

❹　維：助詞。

❺　烈：功業。西周〈班毁〉銘文：「文王孫亡弗褱（懷）井（型），亡克競厥烈。」（文王子孫無不以之為榜樣，其功績無人可比。）句法、文義與此句大致相當，可資比較。

❻　允：確實，誠然。

❼　文：指文德，即明德、美德（詳見本書第 290 頁〈周頌・清廟〉「秉文之德」句注）。

❽　克：能。

❾　厥後：指後世子孫。厥，其。

❿　嗣：繼承。

⓫　武：指武王。

⓬　受之：指接受文王開創的基業。西周〈大盂鼎〉銘文：「不（丕）顯玟王受天有大令（命），在珷王，嗣玟乍（作）邦，……」與此意同。

⓭　遏：音「壓」，阻止。

⓮　劉：殺（《毛傳》）。指紂王對民眾的虐害、殘殺。

⓯　耆：音「棋」，致，達到（《毛傳》）。

⓰　定：成，成就。

【賞析】

　　這又是一篇無韻詩，創作年代比〈噫嘻〉、〈清廟〉更早。除了文辭之古奧，多用字之本義（如「競」、「劉」等字）外，沒有句末語氣助詞也表現出西周前期作品的特色（句中助詞也僅有「維」字，那是早見於商代甲骨文的虛詞）。不過，全篇都用四言句令它具有一種整齊之美，那已是格律因素的萌芽，使詩歌在審美形式上逐漸和散文拉開了距離。後來加上押韻的出現，詩、文的區別便更加顯著。漢語詩歌也就向前跨進一大步，從原始階段邁向初期古典階段；猶如人類之告別童年，而踏入體智漸長的少年時代。各種優秀作品便隨之紛至沓來。

魯頌

有駜

【題解】

魯頌，是春秋前期魯國的頌歌。魯國在今山東省西南部，都曲阜，周武王封周公之子伯禽於此。為褒揚周公的卓越功勳，故魯國可以有「頌」。《詩經》有〈魯頌〉四篇。

這是描寫在宮廷賜宴，有舞蹈助興，大家不醉無歸的詩歌，最後作善頌善禱之辭。

【譯注】

一

有駜 ❶ 有駜，	真肥壯啊真肥壯，
駜彼乘黃 ❷。	那四匹拉車的黃馬真肥壯。
夙 ❸ 夜在公 ❹，	諸位日夜辛勞在朝廷，
在公明明 ❺。	在朝廷勤勉辦公事。
振振 ❻ 鷺 ❼，	白鷺紛紛扇動翅膀，
鷺于 ❽ 下。	白鷺輕盈地往下翻翔。
鼓咽咽 ❾。	伴奏的鼓聲淵淵響。
醉言 ❿ 舞。	帶着醉意，翩翩起舞。
于 ⓫ 胥 ⓬ 樂兮！	大家多快樂啊！

❶ 有駜：猶「駜駜」，形容馬匹身強力壯的樣子。有，助詞。駜，音「拔」。

❷ 乘黃：四匹黃馬。古代一車四馬為一乘。故乘可作四（馬）的代稱。乘，音「剩」。

❸ 夙：音「肅」，早。

❹ 公：此指朝堂、宮廷。于省吾《雙劍誃詩經新證》云：「經傳及金文凡言夙夜，皆寓早夜勤慎之意。」甚是。

❺ 明明：通「勉勉」，勤快努力之意（馬瑞辰說）。

❻ 振振：群飛振翅的樣子。

❼ 鷺：指手持鷺羽模仿白鷺動態的舞蹈者。

❽ 于：助詞。

❾ 咽咽：一作「淵淵」（《經典釋文》）。形容鼓聲。

❿ 言：助詞，在此有連接作用。「醉言舞」者是指飲宴之人。

⓫ 于：語首助詞。

⓬ 胥：音「須」，相。

二

有駜有駜，　　　　　　　真肥壯啊真肥壯，
駜彼乘牡 ❶。　　　　　　那四匹拉車的公馬真肥壯。
夙夜在公，　　　　　　　諸位日夜辛勞在朝廷，
在公飲酒。　　　　　　　公餘在朝堂同飲酒。
振振鷺，　　　　　　　　白鷺紛紛扇動翅膀，
鷺于飛。　　　　　　　　白鷺輕盈地展翅飛翔。
鼓咽咽。　　　　　　　　伴奏的鼓聲淵淵響。
醉言歸。　　　　　　　　帶着醉意，盡興而散。
于胥樂兮！　　　　　　　大家多快樂啊！

❶　牡：音「卯」，雄性的鳥或獸。

三

有駜有駜，　　　　　　　真肥壯啊真肥壯，
駜彼乘駽 ❶。　　　　　　那四匹鐵青色馬兒真肥壯。
夙夜在公，　　　　　　　諸位日夜辛勞在朝廷，
在公載燕 ❷。　　　　　　公餘在朝堂同歡樂。
自今以始，　　　　　　　祝願從今以後，
歲其有 ❸；　　　　　　　年年歲歲豐收；
君子有穀 ❹，　　　　　　君子享有福祿，

詒 ❺ 孫子 ❻。　　　　　　傳給子孫受用。

于胥樂兮！　　　　　　大家多快樂啊！

❶　騢：音「勒」，青黑色的馬。又名「鐵驄」。

❷　載燕：行樂。載，行，從事（于省吾《甲骨文字釋林》）。燕，通「宴」、「匽」，
　　與「喜」、「樂」均為同義詞。如金文〈陶氏鐘〉：「用匽（燕）用喜，用樂嘉賓。」

❸　有：多。此指豐收。〈小雅·魚麗〉首章：「君子有酒，旨且多。」下兩章分別作
　　「多且旨」、「旨且有」。又《周易·雜卦》：「大有，眾也。」均可證。故豐年亦稱
　　「有年」、「大有年」。

❹　穀：善。此指福祿等。

❺　詒：音「移」，傳給。

❻　孫子：即子孫，指子孫後代。如金文〈帥佳鼎〉：「用自念于周公孫子。」〈畢段
　　毁〉：「念畢仲孫子。」「孫子」均指子孫。

【賞析】

　　這首詩以讚揚駕車的四馬身強力壯起興（肥壯才能負重致遠，衝鋒陷
陣），進而稱讚大夫們之忠於職守，勤於政事；一番嘉勉後，再接寫飲宴
舞蹈的歡樂場面；最後，用末章的祝頌語結束。從內容可見，它顯然是魯
國國君宴樂群臣時演唱助興的歌曲。各章長短句的穿插運用，使音節顯得
跌宕有致。

商頌

那

【題解】

　　這首詩是由殷商王室後裔的宋國君主保存下來的祭祀樂歌，描繪了奏樂跳舞，隆重致祭祖先成湯的盛大場面。

　　〈商頌〉前三篇是經春秋時宋國人加工整理過的商朝頌歌，其餘兩篇則是宋國人仿古之作。《詩經》有〈商頌〉五篇。〈那〉是第一篇。

【譯注】

一

猗與那❶與❷！	多麼盛大呀多堂皇！
置❸我鞉鼓❹，	擺放好我的鞉鼓，
奏鼓簡簡❺，	奏起鼓來咚咚響，
衎❻我烈祖❼。	愉樂我顯赫的先祖。

❶ 猗那：音「婀挪」，又作「旖旎」、「猗儺」、「阿難」，美盛的樣子。

❷ 與：同「歟」，語氣助詞。

❸ 置：樹立。

❹ 鞉鼓：一種有柄的搖鼓。鞉，音「桃」。

❺ 簡簡：鼓聲。郭沫若《兩周金文辭大系圖錄考釋》云：「〈那〉『奏鼓簡簡』，言樂聲之和。」春秋〈王孫遺者鐘〉：「簡簡和鐘。」形容鐘聲之和。

❻ 衎：音「看」，樂。這裏意為「使快樂」。

❼ 烈祖：有功業的祖先。烈，功業。

二

湯孫奏❶假❷，	成湯的子孫在致祭，
綏❸我思❹成❺。	願祖宗神靈賜我福祉。
鞉鼓淵淵❻，	鞉鼓淵淵響不停，
嘒嘒❼管聲，	應和着嗚嗚簫管聲，
既和且平，	樂音諧協又和平，

依我磬❽聲。　　　　　　　　一切依從我玉磬聲。

於❾赫❿湯孫！　　　　　　　啊！成湯顯赫的子孫，

穆穆⓫厥⓬聲。　　　　　　　演奏的音樂真動聽。

❶　奏：進。

❷　假：借為「格」，祭告。《尚書‧君奭》：「格于上帝。」即祭祀上帝。

❸　綏：音「須」，遺，詒，賜（馬瑞辰說）。

❹　思：助詞，起協調音節作用。

❺　成：備，福（馬瑞辰說）。

❻　淵淵：鼓聲。

❼　嘒嘒：音「畏畏」，管樂聲。

❽　磬：音「慶」，古代打擊樂器。以玉或石製成，形如曲尺，懸於架上，擊之以
　　節樂。

❾　於：音「烏」，歎詞。

❿　赫：音「克」，光輝顯耀。

⓫　穆穆：和美之意。

⓬　厥：其。

三

庸❶鼓有❷斁❸，　　　　　　敲鐘擊鼓聲宏亮，

萬舞❹有奕❺。　　　　　　　萬舞陣容真盛壯。

我有嘉客，　　　　　　　　　我的助祭嘉賓們，

亦不❻夷懌❼。　　　　　　　一個個心花怒放。

自古在昔，　　　　　　　　　從很久以前開始，

先民有作❽，　　　　　　　　先人已作出榜樣，

温恭❾朝夕，　　　　　　　　終日溫文而恭敬，

執事❿有⓫恪⓬。　　　　　　嚴肅謹慎地從事。

顧⓭予烝嘗⓮，　　　　　　　請享用我的祭品，

湯孫之將⓯！　　　　　　　　這是成湯子孫的奉獻！

❶　庸：通「鏞」，大鐘。

❷　有：助詞。

❸　斁：音「亦」，盛。此指樂音之美盛。

❹　萬舞：即大舞，兼有文舞（羽舞）和武舞（干舞）。

❺　奕：音「亦」，大。此指規模宏大，場面壯觀。一說，「奕」是有秩序的樣子。

❻　不：通「丕」，大。

❼　夷懌：喜悅。夷，喜悅。懌，音「亦」，歡喜。「亦不夷懌」，即皆大歡喜。

❽　有作：有所作為。此指做出虔敬祭祀的榜樣。

❾　溫恭：溫和，恭謹。

❿　執事：從事，辦事。這裏指舉行祭祀。

⓫　有：助詞。

⓬　恪：音「確」，謹慎，恭敬。

⓭　顧：看，關注。

⓮　烝嘗：泛指祭祀。烝，音「蒸」，冬祭。嘗，秋祭。

⓯　將：音「張」，進獻。

【賞析】

　　湯是商朝的開國君主，所以殷商後人飲水思源，每以盛大儀式加以祭祀。這篇可能本是商朝君主祀祖的樂歌，傳至宋國宮廷（周公東征，討平武庚與管叔、蔡叔的叛亂後，成王封紂的庶兄微子啟於宋，以奉商祀），

經過改編修訂後，仍繼續使用。所以語言比較古樸。

　　這首詩原來不分章，現按其用韻情況和歌辭內容分為三段以便欣賞。首段「鼓」、「祖」押上古「魚」部韻（據王力《詩經韻讀》，下同），內容是概述「祭祖」的主題。次段「成」、「聲」、「平」、「聲」、「聲」押「耕」部韻，描寫雍容美盛的音樂。三段「斁」、「奕」、「客」、「懌」、「昔」、「作」、「夕」、「恪」押「鐸」部韻，再由「嘗」、「將」轉押「陽」部韻結束；內容從音樂轉向舞蹈，進而描寫祭祀場面，最後並向神靈呼告。全篇層次井然。

　　通過這首詩的描述，我們大體可了解到古代祭祀那種以歌、樂、舞配合，由國君主祭，有嘉賓助祭、觀禮的極為排場的儀式，到底是怎麼一回事。

論《詩經》的「加詞」
（附錄）

一、《詩經》的語法特點

　　中國是詩之國，詩歌藝術的傳統源遠流長。而《詩經》更是我國第一部詩歌總集，對後世詩歌的發展，從內容到形式，都有極其深廣的影響。要弄清我國詩歌的特點，《詩經》研究是一把很好的鑰匙。前人在這方面做了不少工作，但主要側重於內容和藝術手法的探討，至於對語言特點，特別是句法特點作專門研究的，則甚寥寥。[1] 至於把《詩經》和後世詩歌的句法有機地聯繫起來，作整體考察，以弄清我國詩歌句法總的特點及其成因，這方面，基本還是個空白。本文擬就這一問題進行初步的探討。

　　《詩經》三百零五篇詩都是入樂的，它們就是我國最早一批歌曲的歌辭。《尚書・堯典》云：「詩言志，歌永言，聲依永，律和聲。」節奏鮮明，悅耳動聽，是對詩和歌的共同要求。但除此之外，作為「言志」的詩，還要求精煉、濃縮，用最經濟、最集中的語言手段，在有限的形式中抒發強烈的情感，表達雋永、深刻的內容；而作為「永言」的歌（無論是宗教頌歌、宮廷樂歌或是一般民歌），又要求令人聽起來感到清楚明瞭。這樣，簡約與

明晰兩個方面，便構成了一對矛盾，它們和別的因素一起，互相制約，互相依存，形成了《詩經》有別於散文的一整套語法特點。具體表現有如下幾方面：

1. 句子任何地方都可以插進語氣助詞。

2. 各種成分都可以複疊。

3. 句子任何部分都可以省略。

4. 詞序、語序可以靈活變換，適當調整。

5. 音句重於義句，即當聲律和語義發生矛盾的時候，往往首先照顧聲律的要求。

二、《詩經》的「加詞」

（一）《詩經》靈活的句法結構

在《詩經》裏，只要需要，幾乎任何位置都可以插進語氣助詞。這種靈活的句法結構，是一般散文所沒有的，我們稱之為「加詞」。這是《詩經》句法最顯著的特點之一。例如：

> 擊鼓其鏜，踴躍用兵。（〈邶風・擊鼓〉）
> 綠兮衣兮，綠衣黃裏……綠兮絲兮，汝所治兮。（〈邶風・綠衣〉）
> 哀我人斯，亦孔之嘉！（〈豳風・破斧〉）

第一例「其」插在補語之前。第二例「兮」插在形容詞定語與中心詞之間。在散文中，這裏不加助詞，充其量也只能加結構助詞「之」。第三例的「孔」是程度副詞（即很、甚）作狀語，後面不能帶結構助詞「之」，句中的「之」是語氣助詞。試比較「其新孔嘉，其舊如之何」（〈豳風・東山〉）、「孔嘉元成，用盤飲酒」（金文〈沈兒鐘〉）、「九江孔殷」（《尚書・禹貢》）末句《史記・夏本紀》對譯為「九江甚中」。均無「之」字。

以上是語助詞插進偏正結構中。以下是插進聯合結構和連動結構中：

綌兮綌兮，淒其以風。（〈邶風‧綠衣〉）

（比較《論語‧鄉黨》：「當暑，袗絺綌，必表而出。」）

父兮母兮，畜我不卒。（〈邶風‧日月〉）

（比較〈小雅‧蓼莪〉：「哀哀父母，生我劬勞。」）

載笑載言。（〈衞風‧氓〉）

弋言加之，與子宜之。（〈鄭風‧女曰雞鳴〉）

甚至它還可以插入到結合緊密的連綿詞、疊音詞中去。如：

優哉游哉，亦是戾矣。（〈小雅‧采菽〉）

（比較〈大雅‧卷阿〉：「伴奐爾游矣，優游爾休矣。」朱注：「伴奐、優游，閒暇之意。」按，優、游，古同屬幽部，疊韻連綿詞。）

悠哉悠哉，輾轉反側。（〈周南‧關雎〉）

（比較〈鄭風‧子衿〉：「青青子衿，悠悠我心。」）

簡兮簡兮，方將萬舞。（〈邶風‧簡兮〉）

（比較〈商頌‧那〉：「奏鼓簡簡。」《鄭箋》：「其聲和大簡簡然。」）

（二）《詩經》中的實詞虛用

《詩經》裏還有一種「實詞虛用」的特殊語法現象，那「虛用」的詞也是插到偏正或連動結構中去。如：

為謀為毖，亂況斯削。（〈大雅‧桑柔〉）

（毖：謹慎。為謀謹慎，即慎於為謀。第二個「為」字是助詞，置於補語之前。）

匪安匪游，淮夷來求。（〈大雅‧江漢〉）

（匪：即「非」。非安然出游。此例前人已經指出。2 楊伯峻先生稱後一個「匪」為襯字，甚確。3）

匪載匪來，憂心孔疚。（〈小雅‧杕杜〉）

（朱注：「言征夫不裝載而來歸。」後一「匪」字也是語氣助詞。）

此外介詞虛用的一例也附在這裏：

> 有命自天，命此文王，于周于京。（〈大雅・大明〉）

（《鄭箋》：「于周京之地。」朱注：「言天既命文王于周之京矣。」後一個「于」作助詞。）

這些例子主要見於〈大雅〉（僅一例見於〈小雅〉），可見這是一種比較古老的語言現象。這種「虛用」的詞容易引起誤解，所以後來在〈國風〉裏已經絕跡。這反映了漢語語法正不斷趨於完善。

（三）「加詞」的作用

《詩經》的「加詞」包括置於句首、句中和句末的語氣助詞，以及一般稱為詞頭、詞尾或前綴、後綴的附加成分（如「其」、「有」、「于」、「思」、「斯」）等。這種附加成分，潘允中先生形象地稱之為「詞嵌」。並指出：它們是一種「頗為空靈的語助詞」，「不是詞的組成部分，而是句的足成部分」，其主要作用「是足成這個句子的音節」。[4] 我完全贊同這一看法。但還須再作補充：在《詩經》裏，所有那些「加詞」，它們除了補足音節，使得節奏鮮明、聲調諧美，從而增強詩句的音樂性之外，還有另外一些特殊的作用：

1. 作為引子（表示歌曲的開始）、「換頭」（表明新樂段的開始）或者簡短的「過渡」（帶出新的樂句），以引起聽眾的注意。那些句首的語氣詞大都起着這樣的作用。例如〈大雅・生民〉共八章，從第二章到第七章，每章開頭都用上一個「誕」字，便是配合音樂，表示「換頭」的。

2. 傳達各種微妙細緻、豐富複雜的感情。比如同是提及父母的幾首詩，〈鄘風・柏舟〉：「母也天只，不諒人只！」感情是何等的激切憤懣；而〈邶風・日月〉：「父兮母兮，畜我不卒！」更是一片怨怒之聲；可是在〈小雅・蓼莪〉中：「父兮生我，母兮鞠我，拊我畜我，長我育我……」卻充滿

了感人至深的痛悼之情。可以想像，在歌唱的時候，這些截然不同的感情色彩，一定是通過置於句中、句末的「也」、「只」、「兮」等語氣助詞委曲盡情地吐露出來的。這些字眼大致相當於一種「拖腔」，我們今天在一些藝術歌曲和地方戲曲中，仍可以看到它們充分發展了的各種形態。聞一多先生分析得好：「（我們先民那些『啊』、『哦』、『嗚呼』、『噫嘻』一類的聲音）是音樂的萌芽，也是孕而未化的語言。聲音可以拉得很長，在聲調上也有相當的變化，所以是音樂的萌芽。那不是一個詞句，甚至不是一個字，然而代表一種頗複雜的涵義，所以是孕而未化的語言。」[5]

3. 在表達語氣、渲染氣氛的同時，做成意念上的「停頓」，讓人可以從容品味詞句的含義，充分領略其中的佳趣。

上述三點，再加上「上下五百年，縱橫幾千里」的時間和地域因素的影響，所有這些，便是《詩經》中語助詞特別多，出現頻率特別高，而有些用法亦分外顯得與眾不同的緣故。

除上面提到的之外，還有如下面一些語助詞（或其用法）是罕見甚至不見於其他典籍的：

> 采采芣苢，薄言采之。（〈周南·芣苢〉）
>
> 不念昔者，伊予來塈。（〈邶風·谷風〉）
>
> 縞衣綦巾，聊樂我員。（〈鄭風·出其東門〉）
>
> 叔善射忌，又良御忌。（〈鄭風·大叔于田〉）
>
> 日居月諸，照臨下土。（〈邶風·日月〉）
>
> 其虛其邪，既亟只且！（〈邶風·北風〉）
>
> 俟我于著乎而。（〈齊風·著〉）
>
> 朋酒斯饗。（〈豳風·七月〉）
>
> 思皇多士。（〈大雅·文王〉）
>
> 君子樂胥。（〈小雅·桑扈〉）

（四）「加詞」的獨特性

《詩經》這種隨處可以嵌入助詞的特點，是繼承口語而來的，不但為散文所無，便是後世的詩詞一般也是沒有的。只有樂府詩、曲和民歌能加「襯字」這一點和它比較相像。如：

鸜之鵒之，公出辱之……鸜鵒鸜鵒，往歌來哭。（《左傳》引魯國童謠《鸜鵒歌》）

（嵌入連綿詞中。）

謾撫銀箏，暫也那消停。（李唐賓〈望遠行〉）

（嵌入偏正結構中。）

聽了些晨鐘的這暮鼓。（王實甫《西廂記》）

（嵌入聯合結構中。）

我可便躊也波躇。（無名氏〈漁樵記〉）

（嵌入連綿詞中。）

雞蛋殼殼點燈半喲半炕明。（陝北民歌《拿上個死命和你交》）

（嵌入偏正結構中，兼複疊。）

提起了那哥哥呀走西呀口，止不住小妹妹淚蛋蛋流。一把把哪拉住那哥哥的手，說下個日子呀你再走。你要那個走來我不叫你走，扭住你胳膊呀拉住你手。扯爛你的袖口呀我給你縫，這一遭口外你走不成！（山西民歌《提起哥哥走西口》）

（分別嵌入動賓結構、主謂結構、偏正結構、聯合結構和複合詞中。）

這正是口語文學，特別是歌唱性口語文學的特色。

周錫䪖

（原載《中國語文研究》第十期，香港中文大學吳多泰中國語文研究中心出版，1992 年）

【注解】

1　研究《詩經》句法的文章主要有：黎錦熙〈三百篇「主」「述」倒文句例〉，載《師大月刊》第二期，1933年；楊伯峻〈《詩經》句法偶談〉，載《中國語文》1978年第一期。

2　見楊伯峻〈《詩經》句法偶談〉引黃以周說。黃說中尚有「匪安匪舒」（〈江漢〉）、「匪紹匪游」（〈常武〉）兩例，亦與此同。另有「爰始爰謀」（〈緜〉）、「迺宣迺畝」（同上）、「是剝是菹」（〈信南山〉）三例則非是。蓋「始」有「謀」義（馬瑞辰說）；「宣」謂「導其溝洫」（朱熹說），與「畝」（整治田畝）是平列字；末句兩「是」字均指示代詞，作前置賓語。這三例皆與「實詞虛用」的句式不同。

3　楊文中還補充了「匪居匪康」與「何斯違斯」兩例。按，「居」釋為「安」，與「康」同義，兩字平列，「匪」仍作「不」解。「何斯」之「斯」確為助詞，但「斯」字常作助詞，故不算實詞虛用。而語助詞插入疑問代詞狀語與動詞謂語之間，這種現象亦見於散文（如《國語‧越語》：「如寡人者，安與知恥？」），故本文不列入這方面的例子。〈小雅‧伐木〉：「神之聽之，終和且平。」情況亦與此相類。

4　見潘允中《漢語語法史概要》第四章第二節。關於「有」、「其」、「思」、「斯」等的性質，筆者有另文專述（〈論「有、其、斯、思」的詞性〉，《中山大學學報（社會科學版）》1988年第二期），這裏不詳加討論。

5　聞一多〈歌與詩〉，載於全集選刊之一《神話與詩》，古籍出版社，1956年。